JN334729

Love Always

Rui Kodemari

ラブ・オールウェイズ

君がいなくなったんじゃない。

ぼくが君を

忘れてしまっていたんだね。

伊藤正道『僕への小さな旅』より

目次

イラスト　伊藤正道
装幀　名久井直子

七色の象

1

佑司《ゆうじ》へ
これは、お別れの手紙です。

色々と考えました。レッド、オレンジ、イエロー、グリーン、ブルー、パープル。色々な色の絵の具を塗り重ねたようだった頭のなかが、考えているうちにまっ黒になってきて、ダークグレイになって、それからまっ白になってしまうまで、考えました。考えれば考えるほど、やっぱりどうしても別れなくてはならない、別れの手紙を書かなきゃならないと私は考えました。

考えれば考えるほど、私は考えましたって、私の日本語、やっぱりどうしてもヘン、でしょうか。前に、佑司に言われたことを思い出します。佑司は忘れてしまっているかもしれないけれど、こんなふたりの会話。

「美亜子《みあこ》の日本語って、ちょっと英語なまりだよね」

「なまり？　鉛《なまり》みたいに重いってこと？　それとも冷たい金属みたい？」

「そうじゃなくて……」

今、佑司の笑っている顔が見えました。それは、私の大好きな佑司のスマイルです。ずっと、いつも、いつまでも、見ていたいような佑司の笑顔。それなのに、私は大好きな佑司の笑顔に「さようなら」を言わなくてはなりません。やっぱりどうしても。

許してね、佑司。

私の大好きな、ファニーでコミカルでクールでかっこいい宇宙人、佑司。

あなたに出会えて、私はとっても幸運で、世界一幸せで、この上もなく楽しかったです。この一年間、何もかもがとびっきり素敵だったし、何もかも、ぎゅうぎゅう抱きしめたくなるくらい、楽しくて、美しくて、輝いていました。

この広い広い世界のなかで、数え切れないほど大勢の人が住んでいる地球上で、たったひとりしかいない人＝佑司と知り合えたこと、短いあいだだったけれど、双子の象さんみたいに仲よくつきあってもらえたことが、私の生活や人生や将来にもたらしてくれたものは、宇宙的に大きいのです。だって、佑司は私の宇宙人なんだもの。胃袋をたくさん持っている、だれよりも頼りになる、優しくて力持ちの象さん。

いつも私に優しくしてくれて、ありがとう。

アメリカから日本にやってきて、心が迷子になりかけていた私を助けてくれて、ありがとう。

不完全な私に、完全な勇気と自信と愛を与えてくれて、ありがとう。

佑司と訪ねた町、通り、お店、公園、レストランなどはすべて、ひとつ残らず、私の宝物です。佑司と過ごした時間はすべて、記憶のなかの楽園です。

去年の夏、私たちが知り合った会社で、アンケートの集計のアルバイトをしていたときの質問事項を、佑司は覚えているでしょうか？

理想のレストランとは、どんなお店？

値段、雰囲気、味。レストランを選ぶにあたって、どれを最も重要な選択基準にしていますか？

結婚の申し込みは、どんなレストランでされたいですか？　したいですか？

一生忘れられないレストランについて、説明して下さい。

国内外のレストラン、ベスト3をあげて下さい。可能ならその理由も添えて。

確か、こんな内容だったと記憶しています。

ここに、私の答えを書かせてね。どの質問に対しても、答えは同じなの。理想のレストランも、結婚の申し込みをされたいレストランも、一生忘れられないレストランも、国内外のレストラン、ベスト3もベスト1もどれも「佑司と一緒に行ったお店」。それが私の答えです。重要な選択基準は「そこに、佑司がいること」。

京都は、本当に本当に楽しかったです。

佑司と一緒に京都に行けて、本当によかったと思っています。最後に、あんなにも楽しい思い出をくれた神様に、私は感謝しなくちゃ。河原町三条《かわらまちさんじょう》のピザ屋さんで佑司に祝ってもらえた二十歳の誕生日を、私は一生、人生最高の日として、記憶するでしょう。ピザ、美味しかったです。ワイン、美味しかったです。佑司がしてくれたキスは、鴨《かも》川沿いの遊歩道に寄り添って並ぶ、どのカップルよりも甘くて、熱かったはずです。

正直に書くと、一ヶ月前のあの日、あの夜、私は佑司と一緒に京都で泊まりたいと思っていました。もっと佑司に近づきたい、一緒に夜を過ごしたい、朝まで。もっと深く、もう二度と離れられないくらい深く、佑司とコミットし合いたい、なぁんて、ひとりで勝手にぎらぎらと、思いをつのらせていたのでした。

だけど、その一方で、こういうのは、もうやめにしなくちゃと、強く思っていたのも真実です。

こういうのって、いったい、どういうの？　佑司の声が聞こえてきそうです。

ほら、いつだったか、前にも話したでしょう？　つきあい始めたばかりの頃だったかな。私がまだ十代で、日本に来る前、アメリカのハイスクールに通っていた時代に、飽《あ》きもせず夢中になっていた、色とりどりの恋愛ごっこについて。

素敵な男の子と出会って、目と目が合って、火花が弾《はじ》けて、好き？　好き、好き、絶対好き。もうそれだけで私は高熱を出してしまって、そのあとは、相手の興味を自分の方に引き寄せることだけに、うす暗い情熱を燃やすのです。ありとあらゆる手段を講じて、相手に刺激を与えたり、反対に、わざと冷たくしたりして、どうすれば、相手に少しでもたくさん可愛いと思われるか、ああ、なんて可愛くてセクシーな女の子なんだ、僕はあの子が欲しい、あの子を僕だけのものにしたい、と相手に思わせることができるか、そういう駆《か》け引きに全身全霊で没頭するのです。

そうして、ある夜ついに、行き着くところまで行き着いた、さあ、そのあとには、お決まりのコースが待っています。ふたりとも、頭と枕を抱えて、悩んでしまうのね。あれっ、こんなはずじゃなかった。ほんとに、これで、よかったの？　望んでいたことは、こんなこと？　本当に好きだったのは、この子？

つまり「こういう」のを、私は佑司とはしたくないと思ったし、するべきじゃないと、思っているのです。

なぜならば、佑司は私にとって、すごく大切な人だから。自分も傷つきたくないと思ったし、佑司のことも傷つけたくないのです。私の存在によって、将来に関する佑司の判断をにぶらせたり曇らせたり、何か決定的なプレッシャーを与えたり、したくないの。

京都でも少し話したけれど、私の母は高校生のとき、駆け出しのフォトグラファーだった父と大恋愛をして、ふたりで家出をしてニューヨークシティに渡り、今の私と同じ年、二十歳のときに、私を産みました。そして、私が小学生になったばかりの頃、離婚したのです。幼い頃、私はしょっちゅう、このふたりの言い争いや、静かな口論や激しい口論や、小さなけんかや大きなけんかを目の当たりにしてきました。母も、父も、ひとりでいるときには、思いやりがあって、優しくて賢《かしこ》くて、素敵な人たちなのに、ふたりでいると、そういう素敵なところが全部、消えてしまうかのようでした。

そんな両親から、私が学んだこと。

それは「恋愛ごっこ」や「結婚ごっこ」では、人は決して幸せにはなれない、ということです。母は、父との恋愛や結婚によって、そして私を産んだことで、何か決定的なものを失ったんだと思います。母が直接、そんなことを私に言ったわけじゃないけれど、私は母その人から、日々「そのこと」を感じ取りながら大きくなったから、そのこと、すなわち母が失ったものの大きさは、私が一番よく知っていると思っています。もしかしたら、母自身よりも、よく。

母と同じことを、私はくり返したくはないのです。

でも、佑司、誤解しないでね。

佑司と私が、うちの両親みたいな恋愛ごっこをしている、なんて、私はまったく思っていません。それどころか、佑司と私なら、私の両親にはできなかったことができるのかもしれない、とさえ、思っているの。

でも、だからこそ私は、今は佑司と別れて、いったん別々の道を歩くべきではないかと考えました。好きな気持ちだけで、このまま突き進んでいって、何か大きなものを見失ってしまってはいけないと思うのです。

私たち、ふたりとも、遊園地の出口に立っているのだと思います。人生は、この遊園地を出るところから始まるような気がします。出口から外に出たあと、佑司には、大学院へ進むという道があるし、そのあとは、世界中を旅しながら、世界中の国々で働きながら、農業の研究や指導をするという夢があるし、私にもまだはっきりとは見えてこないけれど、きっと自分の進むべき道があるはずです。私は、英語と日本語の両方を使って、もしくは、その両言語の、もしくはアメリカ文化と日本文化の架《か》け橋となるような仕事がしたいし、そのためにはもっともっと努力して、勉強を重ねないとならないと思っています。

わかっていることは、これらのふたりの道は別々の道だし、二本の道なんだということ。いつか、どこかでまた出会って、ふたりの道がぴたりと重なることも、あるかもしれないし、ないかもしれないけれど。今、わかっていることは、今はそれぞれがそれぞれの道を大切にして、ひとりでしっかりと、それぞれの地面を踏みしめて歩いていくべきではないか、ということ。佑司は佑司の道を。私は私の道を。

私の親友でもある、母の双子の姉のパートナーの小夜子《さよこ》さんが、あるときこんなことを教えてくれました。一本のりんごの樹は、一個のりんごのなかにある、小さな一粒の種からできあがっている。あんなにも小さな種から、どうしてこんなに大きな樹が生み出されるのか？　その秘密はふたつあって、ひとつは、いつかりっぱな樹に生長したいという種の願い、もうひとつは、まだ見ぬ未来の樹から種への「こんな樹になってね」というメッセージ。この、素敵なりんごの秘密を、佑司と私自身のために、ここに書いておきたいと思いました。別れの手紙に、一粒の願いをこめて。

いっしょうけんめい、書きました。書いても、書いても、なんだか、私の気持ちとは微妙にずれていることを書いているような気がします。きっと、どんな書き方をしても、私の気持ちを正確に、すべてを正確に伝えることとなんて、不可能なんだと思います。

それでも最後に、最初に書いたこととまた同じことを書くけれど、佑司、ごめんなさい。わがままで、自分勝手で、恥知らずな私を許して下さい。でも、こんな私が佑司とつきあえて、とても幸せだったことだけを、覚えておいて下さい。何度でも書きます。佑司に出会えてよかったです。一緒に京都に行けて、よかったです。佑司が私に与えてくれたもののすべてを、大切にします。

佑司の笑顔が好きです。だから、この手紙を読み終えたときにも、佑司には笑っていてほしい。お願いだから。

これからも、宇宙のかたすみで、佑司の幸せを祈りつづけます。

さようなら。そして、ありがとう。

八月二十日

美亜子

2

市《いち》ノ瀬《せ》美亜子様

その後、お元気ですか？

京都、楽しかったね。たくさん歩けて、いっぱい食べられて、僕の方は大満足だったけど、美亜子はちょっと疲れてたんじゃないかな？　それとも、大切なペンダント、なくしたせいかな？　最後の方、ふさぎこんでいるような、しょんぼりしているような、なんとなくそんな感じがしてたけど、僕の気のせいかな。だといいんだけど。

何はともあれ、あの日はありがとう。美亜子の二十歳の誕生日という重要な日に、一緒に過ごしてくれて、感謝感謝です。

さて、帰りの新幹線のなかで約束した手紙です。机の上に、こうして便箋《びんせん》を広げて、辞書を引きながら「手で紙に」文字を書くなんて、いったいいつ以来なんだろう。最後に書いたのはいつだったのか、思い出せないくらい、実に久しぶりに手紙を書いています。楽しいよ。わくわくするし、ドキドキしている。この手紙の飛んでゆく先に、美亜子が待ってくれているんだと思うと、ね。

文通。ペンフレンド。ペンパル。昔、そんな言葉があったな。それにしても、美亜子のこの提案は、非常に冴《さ》えてたと思う。美亜子曰《いわ》く「ホットな手紙友だち」。それにしても、僕の手紙が美亜子の日本語の勉強に役立つなら、こんなにも嬉しいことはございませんよ。一挙両得。一石二鳥かな？　あれ、どっちだろう。本当に、役立つのかなぁ。ま、いいか。とにもかくにも、電話ではなくて、手紙だからこそ伝わることって、確かにあると思うよ。これからさ来年の春まで、ほぼ一年と八ヶ月間、東京と岡山に離れ離れになりますが、よろしくおつきあいのほどを。

僕の方も、おかげさまで元気です。先週の終わりに引っ越しも無事すませて、荷物もあらかた片づきました。未整理の段ボール箱、あと三つほどになっています。研究室にも顔を出してきましたよ。教授、助教授、先輩、後輩、研究仲間たち、みんな個性的で愉快な人たちばかりです。このあいだ、研究室が所有している研究用の田んぼで、歓迎会をしてくれました。田んぼで酒盛り。これは農学部ならではのイベントのようです。

岡山の印象？　うん、すんごく良いとこだよ。気候もいいし、空は広いし、空気も水も米もうまいし、人間も面白いし、何よりも言葉が面白い。美亜子はきっと岡山弁が大好きになると思う。うまい＝うんめぇ。大好き＝でぇーれーえーが。面白い＝おもしれぇ。イエスは「うん」だけど、ノーは「うんにゃ」って言うんだよ。うんにゃってさ、なんだか猫みたいでしょ？

ここでちょっと、岡山弁の勉強してみる？　翻訳《ほんやく》テスト。上半分を手で隠して、翻訳してみて下さい。

お元気ですか？——元気にしょうたんか？
雨が降っています。——雨が降りょうる。
あしたは雨が降るだろう。——あしたは雨にならぁ。
傘を持っていきなさい。——傘、持っていきんさい。
この傘に入っていく？——この傘に乗られぇ。

傘なんかいりません。――傘やこう、いらんわ。

どうですか？　正解率はいかほどに？　でぇーれーおもしれぇ？

そんなこんなで、僕にとっては毎日が聴覚的刺激に満ちている次第。

四畳半の部屋の窓からは、吉備《きび》の中山《なかやま》の裾野《すその》に広がる水田が見えます。四月と五月に、実習を兼ねて、苗代《なえしろ》づくりと田植えのてごう（手伝いのことです）に来た時には、まだ初々《ういうい》しい頼りない若芽に過ぎなかった稲たちが、今はどこからどう見てもりっぱな稲に生長して、たくましい限り。

青青とした、緑の水田です。

今、おやっ？　と首をかしげる美亜子の顔が浮かんだりしたけどさ、「緑色」の田んぼがね、ほんとに「青青」としてるんだよ。嘘だと思うなら、遊びにおいで。自分の目で見てみられぇ。八月いっぱいなら、大学も田んぼも卒業論文も、まだそれほど忙しくないので、大歓迎。ですが、九月でも、十月でも、十一月でも、愛《いと》しの美亜ちゃんが訪ねてきてくれるなら、当方「浜崎《はまざき》旅館」、二十四時間、休まず営業します。朝食と昼食と夕食付きですよ、ちなみに。もちろん、食べ放題。美味しいものいっぱい、食わせてあげる。美亜子の好物のおにぎりも、つくってあげる。中身は何がいい？　昆布、鰹節《かつおぶし》、梅干し、塩鮭、ちりめんじゃこ。なぁんて「餌《えさ》」で釣ろうとしてる？　浅ましい男を許して下さい。

水田の遥か彼方には、桃畑が広がっています。

三月の終わりに、このアパートを下見に来た時には、濃いピンク色の花が満開で桃源郷みたいだった。その花が今は、水もしたたるような水蜜桃《すいみつとう》（甘くて水分たっぷりの品種）となって、あちこちで出回っています。ああ、美亜子に食べさせてあげたい。みずみずしい桃、桃、桃。

八月の岡山は、猛烈に暑いです。だけど、コンクリートジャングルの東京や、盆地の京都の夏ほど、蒸し暑くはないかな。だけど夕方、風がふっと止まってしまう、いわゆる「凪《なぎ》」の時間帯があってね、その時はさすがに暑い（＝あちぃ）よ。エアコンがないので、扇風機とうちわと扇子《せんす》を総動員して、なんとかしのいでいます。

このアパートは、三方を田んぼに囲まれているので、夜になると、蛙《かえる》の声がにぎやかです。あと、夕立の前後。蛙たちは雨が降り出す直前に、雨を察知して鳴き出すんだよ。こっちに来てからつくづく悟ったこと。小鳥や蛙の声や風の音を聞きながら眠ると、本当にぐっすりと、信じられないくらい深い快眠をむさぼれるんだ。不思議だね。自然の音というのか、生物たちの声には、独特なヒーリング効果があるんだね。

田んぼの近くを流れる川には白鷺《しらさぎ》が棲《す》んでいて、その白鷺が羽を広げて田んぼまで飛んでくる。これはなんというか、感動的な姿です。青青とした田んぼにひらりと舞い降りるまっ白な優雅な姿、必ず美亜子に見せてあげたいと思っている。

閑話休題。ここに来てからずっと、見るもの、聞くもの、食べるもの、全部をひとつ残らず、美亜子に見せたい、聞かせたい、食べさせたいって思っている。自分でも自分のことを「熱い男」だな、と思うよ。これって、かなり真剣な愛の告白なんだけど、美亜子、受け取ってくれる？

そうそう、忘れないうちに、書いておこう。

同封のカラフルな象は、岡山在住の友人の案内で、先週の土日、岡山の北の方にある勝山《かつやま》という町を訪ねた時、川沿いに古くからある商店街の一角で見つけました。パッチワークっていうのかな、そういうのを手づくりでつくっている（って、変な言い方だけど）アーティストの作品。パッチワークなので、一頭、一頭、色も模様も異なります。つまり、世界に一頭しかいない象さんです。

京都で、約束したでしょう？　美亜子のなくした象さんの代わりを、僕がきっと見つけて送るからねって。美亜子の象のペンダントは、気温によって色が変わるって言ってたので、このカラフルな象を見つけた時、思わず「これだ！」と思ったんだ。気に入ってくれるだろうか？　気に入ってくれるといいなぁ。

さっき、この象の色を数えてみたら、全部で七色。ということは、虹の色だね。

しかし、これ、持ち歩くにはちょっと、大き過ぎるかなぁ。だから昼寝の枕にすると か、いや、毎晩、抱いて寝てくれると嬉しいかな。こいつを僕の分身だと思ってさ。ハグ とか、キスとかも、大歓迎。もちろん、二十四時間。

はぁあああ。慣れないこと(手紙の執筆、ラブレターの執筆というべきか?)をした せいか、少々肩が凝《こ》ってきました。ストレッチをしてから、寝ます。前に美亜子に手取り 足取り教わった、ヨガ風ストレッチ方法でね。

夢のなかで、美亜子に会えますように。

この手紙と一緒に、美亜子のそばまで飛んでいきたい。

飛んでいって、舞い降りたい。いつも美亜子の守護神でいたい。

いつも四六時中、美亜子のことを思って、象みたいに鼻を長くのばしている男より。

八月二十日夜

浜崎佑司

3

でっかい虹くん　こと　大好きな佑司へ
お手紙、届きました。

わーお、佑司、ありがとう。うれしかったです、ものすごく。

佑司の文字は、やっぱりどこからどう見ても佑司そのもの、なんですね。佑司の体とおんなじで、でっかくて、優しくて、あったかいの。その昔、父の奥さんとなったカリンさん――いつか、きっと、必ず、佑司に会わせたい人です――が私に教えてくれたこと、好きな人からもらった手紙を夜、枕の下に敷《し》いて寝ると、幸せな夢が見られる、というのを実行してみました。その結果は？　秘密！

それよりも、ひとつ、驚いたことがあるの。私、すごく、すごく、すごく、驚きました。でぇーれーおどれぇーたって言えばいいのでしょうか？

なぜならば、佑司と私、まったく同じ日に、同じ日のほとんど同じ時間に、手紙を書いていたのです。そう、八月二十日の夜です。私も佑司にお手紙を書いていました。でも、その手紙は結局、出さないままになっていたの。理由は、たずねないでくれますか。ただ、なんとなく、出せないままになっていたのです。いいえ、出さなくてよかったし、出すべきじゃなかった……と、今は思っています。そして、この手紙は、佑司と同時に書いていた「その手紙」とは、まったく違う手紙です。こっちが、佑司に出すべき、正しい手紙です。だから、安心して、読んでね。

佑司のお手紙を読んで、私は救われたような気持ちになりました。佑司の存在にすっぽりと包まれているような、平和な、幸せな気持ちになりました。青青とした緑の水田や、そこで鳴いている蛙たちの声や、風の止まってしまう凪の時間を、佑司といっしょに感じることができました。佑司といっしょに、新しい生活を、私も始められそうな気持ちになっています。

だから佑司に、大きなありがとうを。こうやっていつも、離れていても、私といっしょにいてくれる佑司に、私は感謝しています。

京都ではね、佑司もちらっと書いていたけれど、あの日の帰り道、私は疲れてふさぎこんでいるように見えたかもしれません。本当にごめんなさい。ふさぎこんでいた理由は、落としたペンダントのことだけじゃなくて、正直に打ち明けると、佑司、驚かないでね、実はあの日、私は佑司といっしょに朝まで、ずっといっしょにいたかったのでした。だけど、そんなこと、私からはとても言い出せなくて、それでひとり、悶々《もんもん》と悩んでいたのです。ふたりにとって、大切なことだと思ったし、私ひとりのわがままで、佑司を困らせたらいけないいって思って。だから今回、佑司から、こんなにも優しい、愛のこもったお手紙をもらえて、幸せで、泣きたいくらいです。

ここまでが前置き。前置きが長くなったけど、ここからが本題です。

それよりも、何よりも、ありがとう！　そして、こんにちは、ようこそ！

私、すごく、すごく、すごく、ものすごぉぉぉぉく、気に入りました。この象さん。抱きしめて、撫《な》でて、いっぱいキスをしました。岡山から飛んできた、虹色の象くん。なんて、なんて、素敵なんだろう。一針、一針、丁寧に縫《ぬ》ってあるのね。抱きしめると、私の胸のなかにぴったりフィットする大きさです。世界に一頭しかいない象、確かに、そう。これって、佑司の分身、なんかじゃなくて、そのまま佑司だと思いました。そこで、名前をつけることにしました。さて、なんて名前？

答えは、虹くん、です。

なぜなら、この虹色の象は、私にとって「でっかい虹」のような存在である、佑司そのもの、だからです。

今夜から毎晩、虹くんを抱いて寝ます。朝起きたときは、まっさきに「おはよう」って挨拶《あいさつ》します。大学からもどってきたら「ただいま」って。

そうすると、私はいつでも、私のすぐそばに、佑司を感じることができるでしょう。この虹色の象さんは、これからもずっと、私たちを守ってくれるでしょう。悲しいときにはいっしょに泣いてくれ、幸せなときにはいっしょに微笑《ほほえ》んでくれ、いつも、私たちの進む一本道を、空から見守っていてくれるでしょう。

最後にひとつ、質問です。

佑司の手紙には「虹＝七色」と書かれていたけれど、私の記憶と認識に間違いがなければ、アメリカでは虹は「赤・橙《だいだい》・黄・緑・青・紫の六色」とされています。ということは、日本の方が一色だけ、多いのですね？　それは何色ですか？　ついでのときに教えて下さい。

短いけれど、万里の長城ほど長い愛をこめて、この手紙を送ります。

岡山の田んぼのなかにいる、私の大好きな宇宙人様

Love, always

美亜子

4

小さな夢ちゃん　こと　愛しの美亜子様

前略。気に入ってもらえて、宇宙人浜崎、感激しております。

そうですか、名前は「虹くん」ね。いい名です。実にいい。今は三時なのに虹くん、なんてね。それに、この僕が、美亜子のでっかい虹でいられるなんて、それはでっか過ぎる栄誉というもの。

虹の色について。

そうか、アメリカでは六色だったんだね。ふむふむ、知らなかったぞ。で、さっそく調べてみたよ。すると、色々なことがわかってきました。僕はずぅっと、虹と言えば七色だと思っていて、疑ったこともなかったんだが、国、民族、地方によって、さまざまな違いがあるようです。ちなみに、美亜子が書いていた六色のほかに、日本では「藍《あい》色」が加わります。青よりも深くて濃い色です。野菜で説明すると、茄子《なす》の色です。

イギリスは、民間ではアメリカと同じで六色、学術的には日本と同じで七色。ドイツは五色で、スウェーデンは六色。それと、同じ日本でも沖縄ではその昔、なんと「明るい色と暗い色」の二色だったとか。面白かったのは、インドネシアでは「赤に、黄と緑と青のしま模様」なんだそうです。

ところで、実は虹くんには双子の妹がおりまして、色も模様もまったく双子なんだけど、大きさは大きく異なっていて、僕のところにいる七色の象さんは、実はキイホルダーで、僕の方でもこの象さんに名前をつけたよ。

じゃーん、その名は「夢ちゃん」といいます。

どうですか? 虹くんと夢ちゃんのコンビ。この名前も、気に入ってくれると嬉しいな。ふたりの夢は虹色で、ふたりの虹は夢色だもんね。

夢ちゃんは、アパートと研究室とこっちで乗っている軽四の鍵にくっつけています。だから、夢ちゃんも、いつも僕と一緒。まあ、お守りみたいなものですかね。僕の方は、夢ちゃんを抱きしめる、というよりも、握《にぎ》りしめる、という感じでしょうか。

八月の終わりから、自転車で研究室に通っています。

荷物が多い時とか、田んぼとか、市内まで出る時には軽四を使っていますが、大学までは自転車で二十五分くらいかな。アパートを出て、裏手にある神社の参道を通り抜け、途中で折れて、川原の土手を走ります。この土手が、なんとも言えず、気持ちいいんだな。自転車のうしろに、美亜子を乗せて走りたいくらい。

きょうは、川原に群れているコスモスに、緑色や臙脂《えんじ》色やちょっと白みがかった、かたくて小さなつぼみを発見したよ。コスモス、美亜子の好きな花だったね。コスモスの色も、もしかしたら七色くらいはあるのかな？

あっ、ここで、突然だけど、夢ちゃんから美亜子に招待状が届いていますので、転送というか、同封しますね。

——招待状——

「土手のコスモスが咲き始める頃、こっちに遊びに来ませんか？　お弁当を持って（もちろん浜崎がつくりますが）、いろんなところに行きましょう。岡山の田舎をご案内いたします。神社、寺、遺跡、温泉、高原、山、野原、海。美亜子ちゃんの行きたいところへ行きましょう。ピクニックもしましょう。ハイキングもしましょう。いっしょにジョギングもしましょう。そして、京都でできなかったことをしましょう。美亜子ちゃんもそうしたくて、浜崎はもっとそうしたくて、なのに、できなかったことをしましょう。美亜子ちゃんが手紙に書いてくれていたことを、岡山でしましょう。ぜひ、浜崎旅館に泊まって下さい。小象の夢より」

招待状は、以上です。

それに、九月中旬（スケジュールは天候にもよるので、追って知らせます）には「稲刈り」という楽しいイベントもあります。

稲刈りの時期が難しければ、稲干しの時でもいいよ。もしも美亜子さえ良かったら、どちらかにぜひ、参加して下さい。もちろん両方でも大歓迎。田んぼでは、人手はいくらあっても足りないくらいだし、それもあるけど、大学の仲間たちに美亜子のことを紹介して、自慢したい。ほんとに彼女がいるのか？（＝おめぇ、ほんまに彼女おるんか？）と疑っている奴らに見せつけたい。これが僕の彼女だよって。

以上、必死で書いたので、汗が滲《にじ》んでいませんか？　文字にも文面にも。ただ僕は、美亜子の手紙を読んで、本当に嬉しかったし、果報者だと思った。美亜子が「朝までいっしょにいたい」と書いてくれていたことへの、これが返事です。僕も朝までいっしょにいたかったし、今もそう思っている。誤解を恐れず書けば、僕は美亜子が欲しい。これ以上待てない。そんな気持ちです。


田んぼのなかから、虹色の夢をこめて。

佑司より

5

夢ちゃんへ
招待状、ありがとうございました。
それでは、お言葉に甘えて、夢ちゃんに会いに行きます。コスモス、見たいです。浜崎旅館にも泊まりたいです。おむすびもピクニックもハイキングも楽しみにしています。虹くんから、くれぐれもよろしく、とのことです。虹くんは「僕も行きたいなぁ」と言っていますが、今回はお留守番を頼みます。そのうち、夢ちゃんも、虹くんに会いに来てくれるでしょう？

小さなカードに、無限大の愛をこめて。

虹&美亜子より

まいごの手紙

1

無限大の夢ちゃん　こと　美亜子様

前略、中略、後略。ついさっき、岡山・東京間の遠距離エクスプレス電話を終えたばかりだというのに、宇宙人浜崎、なんだか妙な胸騒ぎのようなものを覚えてしまいまして、こうしてあたふたと手紙を書き始めた次第です。

美亜子、大丈夫？　何か心配事でもあったんじゃない？　いや、もしかしたら今も「ある」のかな。

なんの根拠も確信もないんだけど、そして、こんな僕の心配がまったく大きなお世話で余計なお節介で、美亜子にとってうっとうしいものであったなら、僕にとってはそれが何よりも嬉しいことなんだけど。

こんなことを書いたら、笑われるだろうか。

電話を切ったあと、耳の奥には「じゃあまたね」っていう、美亜子の明るい声の余韻《よいん》がくっきり残っていて、その余韻が「美亜子には今夜、僕に、何かほかに話したいことがあったのに、話せなかったのではないか」と告げていた……なんて、胸騒ぎをあえて言葉にするなら、こんなふうになります。だから、すぐに電話をかけ直そうかとも思ったのですが、こういう時には、美亜子の好きな、かたつむり便＝手紙の方がいいのかなと思い直しました。手紙といっしょに送りたいものもあるしね。

前置きが長くなりました。

あ、でも、本題に入る前にもうひとつ、書いておきたいこと。

このあいだは、本当にありがとう。今年も残すところ、あと二ヶ月ほどになったけど、あの連休に美亜子がくれたビッグ・サプライズは、間違いなく、僕の「今年の重大ニュース」のトップです。体育の日の連休。美亜子には、東京で大事な用事があるって聞いてたから、まさか、会えるとは、思ってもいなかった。まさか、美亜子が岡山まで来てくれるとは。

それにしても、あきらめずに、よく、待っていてくれたね。うどん屋とカフェとファミレスのはしごまでして。どんなにか、心細かったことでしょう。あと五分、僕の帰りが遅かったら、と思うと、僕は今でも僕の腹に感謝したくなります。敬服、ならぬ、敬腹です。

人生、何が功を奏するか、わかりませんね。

せっかく美亜子が訪ねてきてくれていたというのに、僕は町内の運動会に駆り出され、綱引きとパン食い競走と玉ころがし（と、ほかにも色々あったぞ）をやらされ、だけど、パンの食い過ぎで（美亜子もよくご存じのように、ふだんは十個くらい、どうってことないはずなんだが）、腹の調子がへんになっていたから、運動会の打ち上げで幹事の人たちといっしょにラーメン屋さんへ行けなかったわけで。もしも行っていたら、ラーメンだけでは終わっていなかったと思うし、はるばる東京から来てくれている美亜子を、最終の新幹線に乗せてとんぼ返りさせてしまっていたらと思うと……

今となっては、ちょっと古かった（一部、かびの味もしたぞ）カレーパンにも、甘過ぎたあんパンにも、感謝したい気持ちです。

というわけで、これからは、美亜子が僕をびっくり仰天《ぎょうてん》させたいと思ったら、いつでも実行できるように、合い鍵を同封します。好きな時に、気が向いた時に、いつでもお使い下さい。使用期限は「永久」ですが、他人への貸し出しはかたくお断りします。

そうそう、びっくり仰天と言えば、さっきの電話で僕も、びっくり仰天したよ。美亜子が僕の影響で、すっかり納豆に、浜っていしまったとは！　美亜子が生まれて初めて納豆を食べた記念すべき場所が、ここ、浜崎旅館であったこと。オーナーとして、非常に光栄に思っております。

「何、これ、エイリアンの卵？　気持ち悪～い」
って、悲鳴をあげていたのにね。目を閉じて、鼻を摘《つま》んで、眉間《みけん》に皺《しわ》を寄せて、食べていた美亜子が今では「ねばねばと糸引きのファン」になってしまったとは。ついでだから書いておくけど、葱《ねぎ》、しょうがのほかには、青のり、青じそ、かつお、ごま、あとは、柚《ゆず》やレモンの皮とか、要はなんでもOKってことになりますが、色々入れてみて下さい。ぐるぐるぐるぐるかき混ぜてね。

僕は最近では、マクロビオティック料理に凝っています。今度、美亜子がこっちに来てくれた時には、マクロのフルコースをつくって、腕前を披露しますので、楽しみにしていて下さい。マクロビオティックは、その言葉の響きとは裏腹に、いたってシンプルで、誰にでも簡単に実践できる料理方法なんですよ。もっともわかりやすい原則をひとつだけ挙げるなら、（1）地元の畑でとれた（2）旬《しゅん》の野菜を（3）できるだけまるごと、食べる。おっと、原則、三つになったけど、さらにまとめると、土地と季節に密着した食生活、とも言えるでしょうか。まるごと、というのもね、実際にやってみると、目から鱗《うろこ》です。野菜にはほとんど、捨てる部分など、ないんだね。大根や人参の葉っぱも、ブロッコリーの葉っぱも茎《くき》も、おくらやズッキーニの花なんかも美味しいんだよ。

野菜の花、というのは、美亜子が好きな野の花に似て、けなげで、つつましやかで、可《か》憐《れん》で、僕は好きだなぁ。今、美亜子がこないだ、ガラスのコップにきれいに生けてくれた、コスモスの花を見ながら、書いてます。うん、まだ咲いてるよ。

確かにコスモスは、優しくて、強いね。折れた茎からでも根を出して、ちゃんと花を咲かせる。風に倒れても起き上がって。

「優しいことは強いことで、強いことは優しいこと」

美亜子の言葉を思い出しています。その言葉の意味をいつも考えています。あこがれています。僕もそういう人間でありたいなと。

話があちこちに飛びました。

いったい本題は、どこへ雲隠れしてしまったのだろうか。よいしょっ、と、引っ張り出して、書きます。

今年の暮れか、来年の正月のどちらかに、美亜子の都合さえよければ、僕の家（岡山じゃなくて、草津《くさつ》の方です）へ、遊びに来ませんか？　僕の両親と兄一家の面々に、美亜子を紹介したいのです。もちろんこれも、美亜子がいやじゃなければ、の話だけど。場合によっては、東京で落ち合って、そこからいっしょに草津まで行ってもいいし、僕が草津から東京まで迎えに出ていくことも可能です。ふたりで計画を立てましょう。

両親には、もうずいぶん前に、つきあい始めた直後くらいに、美亜子のことは話してあって、ふたりとも、美亜子に会いたい、いつ、連れてきてくれるのか、早くしろ、と、うるさいくらいだし、兄たちに至っては、美亜子が遊びに来るか来ないかで、里帰りをするかしないか、決めるみたいです。

しかし、プレッシャーは感じないで欲しい。美亜子もおんなじようなことを言っていたけど、僕らは決して、先を急ぐ必要はないし、こういうことに関しては、無理をするのは絶対にいけない。まわりの人たちになんと言われようと、どう思われようと、僕らは僕らが一番いいと思ったやり方で、進んでいきましょう。ゆっくりと、一歩ずつ、幸せは、万里の長城みたいに築いていこう。

ただ、僕は前に、美亜子が楓《かえで》さんと小夜子さんに、僕を引き合わせてくれた時、ものすごく嬉しかった、ということを付け加えておきます。美亜子の大切な人たちに、美亜子はこの僕を会わせてくれた。同じように、僕も僕の家族に美亜子を会わせたいです。そして、僕がどんな家に生まれて、どんな町で育ったのか、美亜子に見てもらいたいと思っている。それと、温泉で有名な草津だけど、僕には美亜子を連れていきたい山や野原がある。

長々と書きました。

最初の方にもちらっと書いたけど、この頃の僕はときどき、いや、正直に書くとしょっちゅう、美亜子のこと（あるいは、ふたりの未来、ということなのか？）がすごく心配になります。気のせいかもしれないけど、美亜子がふっと、どこかに消えてしまいそう、というか、近くにいるのに遠くに感じる、というか、そんな、訳もない不安で胸がしめつけられるようなんです。信号の壊れた交差点に立って、どっちに進んだらいいのか、わからなくなって、突っ立っているような、まいごになったような気持ち。

あれっ？　もしかしたら、これって、恋をしているから？

美亜子は、恋する男、浜崎を笑いますか？　笑ってくれていいですよ。だって、ほんとにそうなんだから。美亜子のことが心配だ、なんて言いながら、本音は、美亜子に「大丈夫だよ」って、慰めてもらいたいだけなんだろうな。なんと情けない男であることよ。もっと強くなりたい。美亜子をしっかりと守ってあげられるような、強い男になりたいです。

手紙がついたら、返事を下さい。もちろん電話でもいいけど。

草津行きの返事については、時間をかけて考えて、美亜子にとって最良の返事を下さい。「今はまだ行けない」という返事でもかまいません。

それでは名残惜《なごりお》しいけど、腕が痛くなってきたので、このあたりでそろそろ手紙を折りたたみます。この封筒に切手のように貼り付いて、美亜子のところまで飛んでいきたいです。象の虹くんにも、よろしくお伝え下さい。

十月三十日

稲干しの終わった田んぼを見つめながら、美亜子を想って。

孤独な宇宙人、佑司より

2

決して孤独ではない宇宙人　こと　佑司へ

お手紙、ありがとう。

約束した通り、封筒にキスしてからあけました。

優しくて強い、コスモスみたいな佑司の文字と文章と声に、胸がいっぱいいっぱいになりました。やっぱりどうしても！　佑司の手紙を読んでいると、声が聞こえてくるから不思議。その声はきっと、私の耳だけが聞き取れる声なんだと思うと、もっと不思議。

サプライズのことは、電話でも話したように、ほんとはけっこう反省していたんだけど、佑司が喜んでくれたのだったら、よかったです。行って、よかった。あの日は、やっぱりどうしても佑司に会いたいと思ってしまって、あとさきのことも考えず、気がついたら、東京駅まで来てしまってて、新幹線の切符を買ってしまっていた。もしも佑司が一日中ずっと留守で、夜になっても帰ってこなくて、電話もずっと通じなくて、会えなくても、私が岡山まで行った、ということが、なぜかすごく大切なことのような気がして。自分でも、大胆で向こう見ずで衝動的だったなぁと思う。佑司の言葉を借りるなら、それが恋をしている証拠、なのかな？

それと、アパートの鍵、ありがとう。使用期限が永久だなんて、嬉しいな。でも、佑司が引っ越したあとに、私が使ったらどうするの⁉

ねえ、佑司。

佑司は孤独じゃないよ。孤独な宇宙人とは違います。どうして、孤独だなんて思うの？　だけど、私も佑司と同じようなこと、思うことはしょっちゅうあるから、偉そうなことは言えないね。私もしょっちゅうだよ。佑司が突然いなくなってしまったらどうしよう、とか、夜、ふいに目が覚めて、訳もなく不安になって胸がしめつけられるようになって、そのまま眠れなくなったり、とか。まいごになったような気持ちって、本当によくわかる。真昼に、こわい夢を見てるみたいな感じ。

ところで佑司には、よく見るこわい夢って、ありますか？

私にはいくつかあって、ひとつは、目にとうていい入らないようなでっかいコンタクトレンズを、どうしてもはめなくちゃならなくて、恐ろしくて泣きそうになっている夢。これはたぶん、高校生になったばかりの頃、母にないしょで、勝手にコンタクトレンズをつくったことが影響しているのではないかと分析しています。

もうひとつは、細長い蛇《へび》みたいな風船を少しずつ口のなかに入れていって、風船を全部飲んでしまって、それが私のおなかのなかで、さらにどんどん膨《ふく》らんでいき、大きく大きくなって、最後は体のなかで爆発してしまう、という恐ろしい夢。これは、まだ小学生くらいのとき、父とカリンさんが住んでいたアパートのすぐそばにあるワシントン・スクエアで、実際にそういうことをしている大道芸人を見たせいだと思う。小柄な男の人で、頭はスキンヘッドにしていた。信じられないくらい長い風船を飲んでたなぁ。しかもその人は、風船を飲んでしまった体で、ひらりひらりとバレエを踊るの。最後の最後まで、風船は体の外へは出てこなかった。いったい、あの風船はどこに行ったんだろう。

父にたずねると、

「あれはな、体のなかに入ったら溶けてしまう、アイスクリームみたいなモンでできてる風船なんや」

と教えてくれたけど、本当のところは、わからない。だって、アイスクリームでできてる風船なんて、聞いたことないものね。

カリンさんは風船飲み男に対して、目を三角にして怒ってた。

「公衆の面前であんな恐ろしいことをして、非常識や。子どもがまねしたら、どうするつもりや。冬《とう》さん、あんた、公園の責任者に電話したら?」

父は実際に電話をかけて、抗議したみたいでした。そのせいだったのかどうかは定かではないけれど、風船飲み男はいなくなり、悪夢だけが私の体のなかに残りました。

見たくない夢。ほかにもまだあるけど省略して、私の言いたかったことは、私は佑司とつきあうようになってから、こわい夢をほとんど見なくなったってこと。そうなの、大き過ぎるコンタクトレンズも、腸のように長い風船も、佑司とつきあうようになってからは、出てこない。思い出してみると、今年の夏からあとは、一度も見ていない。

これって、佑司の力だと思う。絶対にそう。佑司が私を守ってくれているからだと思う。佑司にはそういう力がある。宇宙人の力だし、虹の力だと思う。そう、佑司は私のバッド・ドリーム・キャッチャーなの。だから佑司は、不安を感じたり、私のことを心配したりする必要は、ちっともないよ。離れていても、私はいつでも佑司に守られていると感じているし、私も佑司を守ってあげられるように、さらに強く優しくなりたいと思っているから。

さて、次は、佑司からのサプライズなお誘いについて。

クリスマスとお正月の計画について、書くね。佑司のおうちに招待してくれたこと、ありがとう。草津、行きたい！　行ってみたい！　佑司のご両親やお兄さんたちに、私もいつかきっと、お目にかかりたいと思っている。だから本当に、心から、ありがとう。ここまでがお返事の半分で、残り半分は、ごめんね。

なぜなら、冬休みには、横浜《よこはま》の祖父母と、大阪の祖父母の両方に会いに行かないといけない。それと、小夜子さんから頼まれて約束してるんだけど、彼女の知り合いのアーティストが来年の春、ロンドンに出張することになっていて、私はその人に、英会話の特訓レッスンを集中的にすることになっているの。なので、草津に行けるような時間がどこにもありません。せっかくのお誘いなのに、ごめんね。でも、いつか、きっと、近いうちに、と願っています。正直なところ、まだ自分に自信がないってこともあるんだけど、それについてはまた今度、電話で話すね。

それでね、佑司。私には、草津へ行く時間も勇気もないくせに、佑司にはこんなお願いがあるの。なんて厚かましくて、図々しいんだろうって、自分でもあきれちゃうんだけど、聞いてくれる？

実は一月のはじめから三週間ほど、父が仕事で日本に来ることになっています。まんなかの一週間は、東京じゃなくて、どこかに旅行するみたいだったけど、最初と最後の一週間は、東京にいます。

私から佑司へのお願いとは、そのどちらかのときに、父に会ってもらえないでしょうか？　とっても勝手なお願いだと、わかってるんだけど、一応、書くだけ書いてみました。佑司のご両親には会いに行けないのに、自分の父親には会ってくれだなんて、ね。でも、父が日本に来ているチャンスを逃す手はないと思ったの。考えてみて。

父は、娘の私から言うのもへんだけど、変わり者で、ユニークで、愉快な人です。写真家としては、クールで、かっこよくて、才気あふれる人。男としては、どうなんだろう。カリンさんに言わせると「もてる」みたいです。浮気性なところがあるみたい。父に言わせるとそれは「浮気やなくて、人類愛や」となるのですが。性格は、佑司とは全然違うところと、よく似ているところの両方があって、私、佑司と父はすごく気が合うような気がするの。父が佑司を好きになるだろうという確信めいた自信もあるし。父に、佑司のことを自慢したいの。

ここで、話がちょっとだけ、もとにもどるけど、子どもの頃によく見ていたこわい夢として、私の場合「両親のけんか」「両親が別れる」という夢がありました。いいえ、これは正確に書くと、夢じゃなくて、現実ですね。つまり、子どもの頃、私にとって一番こわい現実は、両親のけんかと離婚だった、ということです。

眠る前にいつも、ベッドのなかで手を合わせて、お祈りしていました。神様、お願いします。父と母がけんかをしないで、仲よくして、そして、絶対に別れませんように。たぶん私は、両親が別れると、自分は孤児になる、と思い込んでいたのね。誰も私を守ってくれなくなる。私の住むおうちがなくなる。教会に預けられて、そこで暮らさないといけなくなる。どうしよう、どうしようって。本気で悩んでいたの。

結局、佑司も知っての通り、神様は私のお願いを聞いてくれなくて、両親は別れてしまって、でも、そのことでかえって、私のこわい夢＝おそれている現実は消え、私にはカリンさんという、もうひとりのお母さんもできて、前よりもうんと幸せになったわけだけど。だから神様は、結果的には、願いを叶《かな》えてくれたことになるのかな。

そんなわけで、私には、子どもの頃から常に両親の「心のなかを想像する」という癖《くせ》がついていたのね。つまり、父は母をどう思っているのか、母は父をどう思っているのか、ふたりは愛し合っているのか、憎み合っているのか、と、日常の場面、場面で、常にあれこれ想像をめぐらせる癖というか、習慣というか。そんな日々のなかで、幼くして、私が悟ったことがひとつ、ありました。それは、父は他人を愛せるが、母は自分しか愛せない、ということです。決して、母を批判しているのではありません。父を賞賛しているのでもありません。でも、私はふたりの子どもとして、否応《いやおう》なしにそのことに気づかされたの。もしかしたら、本人たちにもわかっていないことかもしれない。

父と母は、離婚と私の養育権をめぐって、しょっちゅう、言い争いをしていました。父は母に「俺から美亜子を取り上げる気か」と怒り、母は父に「離婚は美亜子の幸せのため」と言い返していました。それらの言葉の表面だけをとらえると、父はいかにも自分の幸・不幸しか考えてないみたいで、母は自分よりも娘の幸せを願っているみたいに、聞こえるでしょう？

でも、実際は逆なんです。正反対なんです。子どもの頃、漠然と感じていたことだったけど、成長して大人になり、ふたりと離れて暮らすようになってから、ますますわかってきたの。父は、自分の幸せよりも私やカリンさんや母の幸せを願い、母は自分の幸せだけを願っているということ。そして、そのことがふたりの離婚の原因だったのではないかということ。

ああ、佑司に、うまく伝わっているかなぁ。まるで、鏡の前の実像＝私の目に映っていたふたり、と、鏡に映っている虚像＝ふたりはそれが自分たちの実像だと思っている姿、のような、微妙で絶対的な違い。それが、娘の私にはわかっていたということ。なぜなら、両方が見えているのは私だけだったから。

私の書き方がまずいせいで、佑司には理解できないかもしれないけど、わからなかったら、読み流してくれていいからね。

いろいろと書きましたが、私がこの手紙で一番、佑司に伝えたかったことは、私は、別れてしまったとはいえ、父も母もそれぞれに大好きで、どちらも大切な人で、そんな大切な人の片割れである父に、佑司を会わせたい、会ってもらいたいと思っていること。

なんだか、両親のことをあれこれ書いたので、ちょっと頭痛がしてきました（！）。

これから、両腕に虹くんをしっかりと抱いて寝ます。佑司の出てくる夢を見たいです。

また、お手紙下さいね。待っています。

孤独ではない宇宙人様

十一月の風に舞う、いちょうの葉っぱを眺めながら。

Love, always

美亜子

3

美亜子様

きょうは単刀直入に。僕も自信はまったくないんだが、美亜子のお父さんに紹介してもらえること、光栄です。お誘い、謹《つつし》んでお受けします。なんて言ってる場合じゃないぞ。緊張しています。武者ぶるいしています。「おまえみたいな、どこの馬の骨かわからない男に、大切な美亜子を渡さないぞ」ってどなりつけられたら、どないするんじゃ、の心境。でぇーれーことになった。でも、がんばるじゃ。おかげさまで孤独、吹っ飛んだよ。

これは、決意表明の手紙（正しくは絵葉書）。日時は電話で話した通りで、僕の方はいつになってもOKだから、あとは美亜子とお父さんの方で決めて僕に指示して下さい。ぬかりなく上京する。それと、ひとつ質問なんだけど、僕はお父さんのこと、なんて呼べばいいのかな。お父さんなんて言ったら、叱《しか》られる気がするから、やっぱり「谷口《たにぐち》さん」かなぁ。次のおたよりで知らせて下さい。

この写真は、こないだ美亜子に話した「神庭《かんば》の滝の猿」。先週末、友だちといっしょに訪ねてきました。次は美亜子といっしょに猿たちに会いに行きたい。

巨象・佑司

4

でっかい虹くん　こと　大好きな佑司へ
ついさっき、電話を終えたばかりだけど、なんだかまだ、なんだかもっと、「どうしてもやっぱり」佑司とつながっていたくなって、手紙を書くことにしました。なんだか今夜は手紙気分なの。久しぶりの手紙です。いつ以来？　こわい夢の話を書いたのが最後かな？

まずは、お礼から。「ありがとう」のつづき。

西新宿では、佑司のおかげで、父も私もとても楽しい時間を過ごすことができました。父は佑司に会えて、たくさん話もできて、心の底から喜んでいたし、私も、喜んでいる父を見ているだけで、心の底から喜びがわきあがってくるみたいに、うれしくなった。幸せを感じたよ。佑司、本当にありがとう。いくらお礼を言っても、言い足りない気持ちです。

あのあと、父とは何度か電話で話したけど、佑司のこと、ものすごくほめてた。そして、私のことまでほめてくれたよ。美亜子には「男を見る目がある」んだって。一瞬、意味がわからなくて「それって、どんな目？」って聞いてみたんだけど、父の説明はよくわからなかった。だけど、あとで楓ママと小夜子さんが教えてくれた。要するに、佑司みたいな素敵な宇宙人をこの地球上で見つけることのできた私には「特別な能力がある」ってことらしい。佑司は、どう思いますか？　私って、超能力者？

じゃーん。ここでひとつ、佑司に私の秘密を公開します。

実は私ね、佑司の前にも、父にボーイフレンドを紹介したことがあるの。それも、ひとりじゃなくて、たくさん！　それというのも、ずっと昔、思い出せないくらい昔に、父と約束の指切りをしたことがあったの。それは「好きな人ができたら、必ずまっさきに俺に紹介すること」という約束でした。「紹介さえしてくれたら、あとは、何をしても自由やし、美亜子の勝手や」と。だから私は、きちんとその約束を守って、小学生くらいのときから、父にせっせとボーイフレンドやボーイフレンド候補を紹介してきたの。私が好きになった男の子だけじゃなくて、好きになってくれた男の子のことも紹介した。

でも、父は、たったひとりの例外もなく、彼らのことが気に入らなくてね、それはもう、悪いところばっかりを取り上げて、「やめとけ、やめとけ、あいつはよくない」って、批判ばっかり。私は私で、父にこてんぱんにけなされると、なんだかつきあっていく自信がなくなってしまって、結局、くしゅーんとしぼんでしまうのね。今にして思えば、それこそが、父の思う壺《つぼ》だったのでしょう。

なにはともあれ、そんな父だったから、父が佑司を好きになってくれたことが、私は宇宙的にうれしかったし、今もまだ、うれしいの。これからもずっと、ずっと、うれしいよ。私、喜びつづける。そして、それだけじゃなくて、佑司も、父のことをあんなにも気に入ってくれるなんて。そのことも、私にとってはまるで奇跡のようです。そう、父は「わかる人にだけわかる」おもしろい人、なのよね。佑司、いいこと言う。私もそう思う。自分の父の自慢をしているようだけど、あんなにおもしろい人、めったにいないよね？

父が撮ってくれた、あの夜の写真を同封しますね。父は普段はあんまり人物そのものは撮らないのですが、佑司と私の写真は、珍しく「撮りたくなった」そうです。私たちが仲良しで、スウィートだったからでしょうか。それでも、そのなかに一枚、私も佑司も誰も写っていない、窓から見える夜景だけの写真があるでしょう。それが、父にとっては『娘と恋人』というタイトルの写真なんです。あの夜、私と佑司がいっしょに見ていた景色。それが父にとっては「私たち」ということ。

父は、いつか佑司がアメリカに来てくれたなら、食べ放題の中華ビュッフェや、食べ放題のブランチビュッフェに連れていって、大食い競争をするのを楽しみにしているようでした。

夜が深まってきました。いつのまにか、窓の外に月が出ています。冬の月は凜《りん》として、気高い感じがします。佑司も岡山で同じ月を見ているでしょうか。岡山ではじめて見た「快晴の夜空」を思い出します。

佑司、夢ちゃん、おやすみなさい。


真夜中の十二時、虹くんとともに。

美亜子

5

小さな夢ちゃんへ

こんばんは。

突然、あなたにお手紙を書きます。驚かせてしまったでしょうか？　それとも笑顔でこんばんはって、言ってくれますか？　あなたは私のことを、覚えてくれていますか？　私たち、過去に何度か、顔を合わせているのです。私は夢ちゃんの顔をよく知っているの。小さな体も、七つの色も、手のひらにすっぽりおさまる形も、まんまるなボタンのお目目も、長いお鼻も、何もかも。佑司の自転車にくっついて揺れている、かわいい姿も。佑司の鍵をしっかりと守ってくれているおりこうさんの姿も。

これでもう、思い出してくれましたね。東京で、夢ちゃんの「お兄さん象」の虹くんといっしょに暮らしている、市ノ瀬美亜子です。

今は、真夜中の十二時ちょっと過ぎ。ついさっき、佑司への手紙を書き終えて、寝ようと思ったんだけど、だめだった。やっぱりどうしても、私は夢ちゃんとお話ししたくなり、こうしてお手紙をしたためることにしました。

夢ちゃんに、聞いてもらいたい話があるのです。夢ちゃんにしか、話せないこと。父や母やカリンさんはもちろんのこと、楓ママや小夜子さんや友だちにも話せないこと。誰にも話せないこと。佑司には絶対に話せないこと。

ううん、もっと正直に書くなら、佑司に話さなくてはならないのに、話せないこと。話すべきなのか、話さないでいるべきなのか、わからないこと。でも、このことを話さないままでいるのは、卑怯《ひきょう》で、最悪で、最低なことだとわかっている。わかっているけれど、やっぱりどうしても今はまだ、話せない。話すのがこわい。話してしまって、佑司を失ってしまうのがこわい。佑司を傷つけてしまうのがこわい。自分が傷つくのもこわい。これは、私が今までに見たどんなこわい夢よりも、おそろしい現実。私の心のなかで蠢《うごめ》いている醜《みにく》い現実。

だから夢ちゃん、今から私がここに書く話は、誰にも言わないで。佑司にも言わないで。今はまだ。でも、聞いて。ただ、聞いて欲しいの。たったひとりだけでいい。この世界に、このことを知ってくれている人がいたら、それでいいの、今は。

どこから話せばいいでしょうか。

去年の秋、私が夢ちゃんに会った、体育の日の連休のことから始めます。

あの日、私が佑司に会いたくなって、佑司をあっと驚かせようとして、岡山のアパートを訪ねたのは、ただ佑司に会いたかったから、だけじゃありません。もちろん、会いたくなったのは事実だけど、もうひとつの重い事実があった。それは、私には「会いたくない人がいた」から。私はあの日、その人と、東京で会う約束をしていたの。会う時間と場所も、決められていた。決めていたのは、母とその人。私は丸《まる》ノ内《うち》線の電車に乗って、待ち合わせの場所、東銀座《ひがしぎんざ》へ向かっていた。そこで、私の好きなお寿司を、その人がごちそうしてくれることになっていた。私が頼んだわけじゃない。母が勝手にそう決めていたの。楽しみにしていたわけじゃない。全然、楽しみになんて、していなかった。でも、母に頼まれて、断りきれなくて、仕方なく、私は東銀座へ向かっていた。なんのために行くのか、わからなかった。泥《どろ》のように体が重かった。行きたくないと思っていた。会いたくないと思っていた。そして私は、銀座駅が来ても、電車を降りなかった。そのまま電車に乗って、東京駅まで出ていった。どうしても、その人に会いたくなかったから。だから、佑司に会いに行こうと決めた。

佑司に会えて、私はうれしかった。佑司といっしょにいると、それだけで、私は幸せになれる。佑司といっしょに食べるごはん。佑司とする、たくさんのキス。佑司とぴたりと抱き合って、佑司の体温を、自分の体温のように感じているひととき。佑司の胸に耳をあてて、佑司の心臓の音を聞いている夕暮れ時。佑司と過ごす時間。一分、一秒。そこで起こることの何もかもが、私は好き。満たされている。そのことは、夢ちゃん、あなたが一番よく知っているはずよね。岡山で、窓から田んぼの見える佑司の部屋で、私がどんなに幸せな時間を過ごしたか。夢ちゃんはすぐそばで見守ってくれていたのだから。

それから、お正月、佑司のおうちに行けなかったことは――本当は、行かないようにしたの。I can'tじゃなくて、I won'tだった――残念だったけど、佑司が私の父に会ってくれて、父と佑司がすっかり意気投合したことも、私はとてもうれしかった。父がはじめて認めてくれた、佑司は私の正真正銘の恋人。この気持ちには、嘘偽りはありません。誓って、書きます。私は佑司が好き。佑司は私の大切な特別な人。

だけど、ああ、夢ちゃん。私はどうしたらいいんだろう。どうして、どうして、私はこんなに悩んでいるんだろう。どうして？　その理由は、わかっているんだけど、私はどうしてもその理由を認めたくないの。だから、苦しい。苦しんでいる。佑司を好きでいればいるほど、私は苦しくなる。こんな私を、佑司は知らない。だからなおいっそう、苦しくなる。

夢ちゃんは、アメリカの田舎町の道路に、こんな標識があるのを知っていますか。車の数の多くないカントリーロードでは、交差点の信号の代わりに赤いストップサインが立っていて、その下には「all way」という文字が記されているの。その意味は、全員ここで止まりなさい。そして、ストップサインの前で止まった順番に発進しなさい、という指示。つまり、早い者から順番に進んでいきなさい、ということね。この標識があると、無用な信号待ちをしないで済むでしょう。合理的よね。私はこの標識を見誤《あやま》って、進んでしまったんだと思う。そう、順番を無視して、発進してしまったの。だから今、困っている。悩んでいる。どうしたらいいか、わからなくなっている。交差点のまんなかで、迷っている。四方八方からクラクションを鳴らされている。

その人に、はじめて会ったとき、私はまだアメリカにいて、まだ高校生だった。そうなの、私がその人に会ったのは、日本に来て、佑司と会う前だったの。順番としては、その人が先で、佑司はそのあと、だった。だからまず、私はその人のことをきちんとあきらめ、きっぱり別れを告げてから、佑司を好きになり、佑司の胸のなかに飛び込んでいくべきだった。なのに、私はそれをしなかった。まだ、心のなかにその人がいるのに、佑司の方に向かって、進んでいってしまった。それが、今のこの状態を引き起こしている原因のすべてだと思う。

わかっていて、私はさらに暴走をつづけた。佑司を父に会わせた。そうすることで、父の力を借りて、正しい道にもどれるんじゃないかと思った。でもそれは甘い考えだった。私の問題は私にしか解決できない。

夢ちゃん、驚かないでくれますか？

それ以前に、もうあきれてしまって、ものも言えないくらいですか？

わかってる。私、情けない、どうしようもない、最低で最悪な人間だと思っている。だって、私の会いたくない人は、私が佑司を好きになるよりも前に好きになった人で、その人は、母のフィアンセなのだから。父と別れた母が、もう一度その人といっしょに人生をやり直して、家庭を築こうとしている人。

好きになってはいけない、と、言い聞かせるたびに、心のなかでどんどん好きな気持ちが膨らんでいってしまって、自分では抑《おさ》えようがなかった。苦しかった。悲しかった。情けなかった。

だから、私、東京で佑司に会ったとき、もしも私が佑司を好きになって、この人とつきあうようになれば、こんな苦しい思いをしなくてもよくなるのかもしれない、と思ってしまったの。卑劣《ひれつ》だよね。夢ちゃんは私のこと、許せないでしょ。嫌いになってくれていいよ。当然だと思う。

佑司とつきあい始めてから、佑司に対する気持ちは、まるで種から芽が出て双葉が出て本葉が出るみたいに成長していくのがわかった。それは佑司の人柄のせい。佑司の持っている、あたたかで澄《す》み切った心のせい。私はお日様に守られて、成長していくことができた。だけど、同時に、その人に対する気持ちも、影のように大きくなっていくのがわかった。影なのに、私よりも大きくなって、私をおおい尽くしてしまおうとする。ふりはらっても、ふりはらっても、影だから、ついてくる。佑司を好きな気持ちとは、まるで違うの。光と影みたいに、違うの。でもどちらも強いの。佑司を好きな気持ちは私を自由にしてくれる。その人を好きな気持ちは、私を支配しようとする。同じくらいの強さで。

さっきから私は何度も書きました。「会いたくない人」だって。今、読み返してみたけど、ちゃんと何度も書いてるね。会いたくないって。でも、それは「会いたい」と同義語なんだよ。会いたくて、会いたくて、たまらないから、会いたくないって、書いてる。会いたいのに、会いたくない。なんてネガティブな感情なんだろう。

夢ちゃん、私、どうしたらいい？　教えて、お願い。

春が来たら、その人にはふたたび、日本にやってくる予定があります。去年の秋にすっぽかしてしまったから、今年の春はもう、逃げられません。母からはきつく言い渡されています。絶対に会って欲しいって。会って、母とその人の結婚を心から祝福して欲しいって。そんなこと、どうしたら、できるの？

それとも、私は母の幸せのために、母の幸せを願って、その人に会い、その人の娘役をにこやかに演じて、その人と母の幸せを願わないといけない？　それが佑司のためにもなる、と、夢ちゃんは思いますか？

長い手紙になりました。最後までつきあってくれて、ありがとう。交差点のルールを無視した私は今、完全にまいごになり、進む方向を見失っています。このままじゃあ、大事故にもつながりかねない。どうしたらいいんだろう？　いっしょうけんめい、考えます。いっしょうけんめい考えて、これ以上の間違いを犯さないようにします。

でも、自信がない。やっぱりどうしても、ちっともない。その人に会ったら、私、どうなるか、わからない。母の恋愛と母の結婚をぶちこわしにしてしまうかもしれない。私は自分がこわい。

I ♥ SF

春の嵐

1

愛しの夢ちゃん　こと　美亜子様

お帰りなさい。

と、まずは書かせて下さい。

僕がこの手紙を書いているのは四月十五日だから、美亜子はまだニューヨークにいるわけだけど、届くのはちょうど美亜子がもどってきた日か、その次の日くらいになると思う。だから「お帰りなさい」です。元気でもどってきましたか？

今、深夜の三時過ぎ。いや、明け方の三時過ぎというべきなのかな。ニューヨークからもどって、二日目。昼間はやたら眠くてたまらなくて、脳みそが味噌になったみたいにぼーっとしていて、うっかりまぶたを閉じると、まるでこぼれた水が亀裂《きれつ》に吸い込まれるかのような睡魔《すいま》に襲われてしまいます。

きのうは雨降りだったので、バスで研究室まで行こうとしたんだけれど、いつのまにか居眠りをしてしまい、終点まで乗ってしまってたよ。運転手さんに起こされるまで気づかなかった。そして、美亜子が言ってた通り、夕飯を食ったあとには、またぐいっと引っ張られるように眠くなり、仕方なく寝てしまうんだけど、朝まではつづかなくて、こうして真夜中にパチッと目があき、頭はピーンと冴えてしまっているという次第。まさに昼夜逆転現象だね。

アメリカにいたのはたった五日間だけだったのに、完全にアメリカ東海岸時間が体に入ってしまっている。五日滞在したら、体内時計がもとにもどるまでには、五日かかるんだったね？　やれやれ。

でも、そのおかげでこうして、草木も眠る丑三《うしみ》つ時に、美亜子に手紙を書く、という幸せな時間を過ごしています。

ニューヨークでは、美亜子の大切な人、香林《カリン》さんに会えて、僕は本当にうれしかったし、僕は果報者だなと思いました。「生きてるうちに会えへんかったら、意味がない。死んでしもたら、なんにもわからへんやろ」と、香林さんは言ってましたが、「ぎりぎりで間に合《お》うてよかった。うちは果報者や」――今、僕もまったく同じことを思っています。僕の方こそ果報者であったと。僕をニューヨークに招待してくれた冬さん――では、これからはお言葉に甘え、こう呼ばせてもらうね――に感謝しています。もちろん美亜子にも！

香林さんのことは……しかしとても残念でしたね。悲しかった。今も悲しい。悲し過ぎるよ。うん、わかってる。「悲しい」という言葉は、禁句。香林さんのそばで、みんなでそう約束したわけだけど、ここでは、この手紙のなかでだけは、その禁を破ってもいいかな？

僕は悲しい。せっかく会えたのに、生きている香林さんにはもう二度と会えないなんて、悲しい。

「あたしがもっと若かったら、佑司さんに横恋慕《よこれんぼ》して、ミアちゃんから奪《うば》ってやりたかったなぁ」

なぁんて、言ってくれた、優しい年上の人。

ああ、僕としてもぜひ、香林さんと一度、いや、何度でも「デート」したかったです。誘惑されたかったです。冗談でも、うれしかったです。あんなふうに言ってもらえて。美亜子の恋人として、香林さんのお墨付きをもらえて、やっぱりどうしても（誰かの口癖）、僕は果報者です。

ついさっき、突然、雨が降り始めました。豪雨です。激しい雨です。ときどき、窓の外がぱっと明るくなるのは、稲妻《いなずま》のせいだろうか。遠くで雷の鳴る音がします。真夜中に降りしきる雨音を聞きながら、香林さんの声に耳を傾《かたむ》けています。

「いつまでもめそめそしてたらあかんよ。あたしが死ぬときには、笑って見送って欲しい。あたしは誰よりも先にあっちへ行って、あんたらがあとから来るのを楽しみに待ってるから。せやけど、早く来たらあかんよ。ずっとずっとあとでおいで。来るときにはお土産をいっぱい持ってきてや」

「葬式はできるだけにぎやかに、華やかに、飲んで歌って踊って、みんなで笑いながら盛り上げて欲しい。湿《しめ》っぽいのはお断りや。めそめそ泣いたら承知せえへん」

「あんたらの永遠の愛を、ここで誓いなさい。それを見届けてからでないと、うちは安心して、旅立てへん」

聞こえてくる声を、こうして紙の上に書いていると、香林さんが「ここではない別の場所」に行ってしまったなんて、思えない。

美亜子が、どんなに香林さんに愛されて育ったか、僕にはよくわかりました。また、冬さんがどんなに香林さんを大切に思っていたかも。冬さんと香林さんは、僕が今までに会った、僕の知っているどのカップルよりも、心の絆の強いふたりのように見えました。

「死んだら終わりや。永遠の愛も、死んだら終わり。それでエエんよ。生きてるあいだの永遠でかまわないの。愛は生きている者のためにだけあるの」

と、あの日香林さんは言っていたけど、果たしてそうでしょうか？　香林さんは亡くなってしまったけど、僕にとっては「生まれたばかりの人」ですし、愛とはなんたるかを身をもって、教えてくれた人です。

美亜子と知り合って、つきあうようになってから、僕はよく、こんなことを思っていました。ときどき美亜子が訳もなく（本当は訳はあるのかもしれないが）、不安定な感じになるのはなぜなんだろう。もしかしたらそれは、ご両親の離婚と関係しているのかな、なんて。失礼かもしれないけれど、勝手にそう思っていました。が、香林さんに会ってみて、この考えは変わりました。消滅しました。美亜子はむしろ、ふたりのお母さんがいたことで、バランスがとれていたんだな、と。

それにしても、ニューヨークへ行けて、よかったよ。この足でアメリカ大陸を踏めて、美亜子の生まれ育った街をこの目で見られたことによって、なんだかこれまで以上に、美亜子のことを身近に感じます。身近というよりも、身内かな。きっと、香林さんが僕を呼び寄せてくれたんだね。今となっては、そうとしか言いようがありません。

リトルイタリーで、三人で最後に食事をしたとき、冬さんが話していたワシントン・スクエアの犬の広場に記念のベンチを寄付する件、僕もぜひ参加させて下さい。香林さんのベンチ。次に訪ねたときには、美亜子とふたり、その椅子に座りたいです。

そういえば、香林さんが亡くなる前の日（美亜子がお母さんのフィアンセの方と食事に出かけた夜です）、僕は冬さんに連れられて、ライブハウスにジャズを聴きに行った話は、したよね。冬さんの知り合いのピアニストも出演していた。彼女は日本人女性で、とっても素敵な笑顔の持ち主で、冬さんも言っていたけど、美亜子とはきっといい友だち同士になれると思う。

閑話休題。冬さんは、ライブが終わって、演奏者はもちろんのこと、お客もほとんどいなくなり、残っているのは店の人だけ、という状態になってから、取り憑《つ》かれたように写真を撮っていました。誰も立っていない舞台、空っぽの客席、ピアニストの座っていない椅子……。冬さんは「何もない」ところにあるはずの「何か」を撮ろうとしているのだろうか。「誰もいない」はずなのに、そこには「誰か」がいる、と、冬さんの目には映っているのだろうか。それとも、「何もない」「ない」「いない」「終わり」ということを写し取りたいのだろうか。つまり、冬さんの写真のテーマは「不在」あるいは「空《くう》」ということ？

などと、帰り道、ホテルまで送ってもらう道すがら、僕は愚問を発してしまったのだが、冬さんは「だはは」と笑って、こんな答えを返してきました。

「写真のテーマ？　不在？　そんな大層なモンとは違う。俺はただ、撮りたいものを撮りたいように撮っているだけ。それが作品になるときと、ならないときがある。その違いはどこからやってくるのか、俺にはまだわかっていない」

写真の話はそこで終わり、そのあとに冬さんは唐突に言いました。きっと香林さんのことを思っていたのだと思います。

「なあ、佑司くん。愛情というのは、実に悲しいモンやね。一生懸命人を愛する。無我夢中で愛する。永遠の愛を誓う。しかし、最終的に行き着くところにあるものは」

「それは？」

答えは返ってこなかった。しかし冬さんには、答えは痛いほどわかっていたのではないだろうか。どんなに一生懸命愛しても、「死」は容赦《ようしゃ》なく、それを破壊すると、言いたかったのではないだろうか。最終的に行き着くところにあるものは「不在」なのではないかと。そのときには、そこまで思っていたわけではないのですが、今、こうして、あの夜のことを思い出していると、僕にはそのように思えてなりません。

ここまで書いたところで、なんだか猛烈に腹が減ってきました。すいません、相変わらず、ロマンのない男だよね。花より団子？　愛より食欲？

マンハッタン郊外のモール内で食べた、チャイニーズ・ビュッフェのことを思い出します。いやはや、あれはすごかった。胃袋の数では誰にも負けない自信のある宇宙人浜崎も、たじたじの内容でしたよ。

中華ビュッフェといいながらも、メキシコ料理あり、韓国料理あり、寿司あり、ジンギスカン風鉄板焼きあり、コンチネンタル・ブレックファストあり、で、とにかくなんでもかんでもあり。中華料理なのに、フレンチフライとドーナツが出てくるなんて、太っ腹。思い出すだけで、腹が鳴ります。

あのビュッフェはそのまま、ニューヨークのダウンタウンを歩いているときに目にした光景の象徴のようです。いろんな人種、いろんな民族、いろんな言語と宗教を持った人たちの、ごった煮というか、寄せ鍋というか、お好み焼きミックスというか、マンハッタンって、そんな街だよね。地下から路上に噴き出していた、あの不思議な蒸気。人々の醸《かも》し出す熱気。それらが渦《うず》のようになり、渦が結集して竜巻のようになり、天高く肥《こ》ゆる街となった——僕の心のなかには、そんな摩《ま》天楼《てんろう》が広がっています。

美亜子は今、キングストンの家で、お母さんたちといっしょに過ごしているのでしょうか？　二匹の猫たちは美亜子のベッドの上で、久しぶりに美亜子といっしょに、楽しい夢を見ているのでしょうか？　お母さんの婚約者の方にも、よろしくお伝え下さい。今回はお目にかかれなかったけれど、また次の機会にはぜひ。

気をつけて、帰ってきて下さい。

気持ちとしては、成田空港まで出迎えに行きたいけれど、できなくて、ごめん。代わりにこの手紙を行かせます。部屋について落ち着いたら、すぐに電話を下さい。待っています。

佑司より

2

大好きな佑司へ

ただいま！　無事、もどってきました。日本に。そして、佑司のもとに。

ぶあついお手紙ありがとう。その前に、お電話もありがとう。

かけようと思って、番号を押しかけているところに、佑司からかかってきた！　こういうのも、以心伝心っていうのかな。

今夜は楓さんと小夜子さんのおうちで、夕飯を呼ばれて（揚げたての天ぷら＋手巻き寿司だったよ！　うらやましい？）部屋に帰ってきて、留守のあいだにたまりにたまっていた用事を片づけて、それからこの便せんに向かっています。

どうですか？　この便せん。かわいいでしょ、この象さん。虹くんと夢ちゃんの妹みたい？　きょう、大学の近くにある行きつけのステイショナリー・ショップで見つけました。おそろいの栞《しおり》を同封します。使ってね。

さて、佑司のお手紙、何度読み返したことでしょう。きょう一日、ずっと鞄《かばん》に入れて持ち歩いていたの。なんだか家に置いておくのがもったいなくて、肌身離さず持っていたかった。電車のなかでも読んだし、大学のカフェテリアでも読んだし、図書館でも読んだ。この返事を書くために、ついさっきも読んでた。何度読み返しても、胸がいっぱいになる。私も佑司といっしょに、カリンさんの言葉を思い出し、彼女の色っぽい瞳と長いまつげと唇とヴォイスを思い出し、泣きそうになったり、笑い出しそうになったり、めまぐるしく変化する春の空みたいな気持ちになっていたのでした。

きょうは東京のお天気は荒れ模様で、こういうのを「春の嵐」っていうのかな、ものすごく強い風が吹いて吹き飛ばされそうになったり、つめたい風のなかに時折、氷雨《ひさめ》が交じったりもしてたんだけど、私は佑司の手紙に守られていたから、あったかかった。佑司はどうしてこんなにあたたかくて優しいんだろう。私に優しくしてくれるのだろう。私だけじゃなくて、私の家族に対しても。

佑司。カリンさんのこと、父のこと、父の仕事のこと、あんなふうにふたりに寄り添って、あんなふうにふたりをあたたかい目で見てくれて、本当にありがとう。正直なところ、佑司がいてくれなかったら、私はカリンさんを失うという、この、途方もなくきりもない喪失感に耐えられたかどうか。

とにかく「佑司、ありがとう。いっぱいいっぱいありがとう」って、自分の手で書いて伝えたいと思っています。それがこの手紙のメインテーマです。

いきなり、地球の反対側、ニューヨークくんだりまで引っ張り出されたのに、迷惑な顔ひとつしないで、いっしょに来てくれて、私と父の家族、カリンさんの最期を見届けてくれて、本当にありがとう。カリンさんのそばで、「永遠の愛」を誓ってくれたことも、ありがとう。もちろん半分は冗談だったたって、わかっているけれど、それでも、うれしかった。カリンさん、あんなに喜んでくれたものね。ほんとによかったね。父も喜んでくれてた。父は佑司のことが好きで好きでたまらないみたい。いい男だ、あいつはいい奴だって、あのあとも念仏みたいに唱えていたよ。

空港で佑司を見送って、ふたりで市内までもどる途中で、父からさんざん説教されました。あんないい男を、私のわがままや気まぐれで翻弄《ほんろう》したり、悲しませたりしたら、俺は許さへんよって。いったい誰の親なんだか。自分が母にしたことも忘れて、娘に説教なんてできないはずなんだけど。

そうそう、忘れないうちに。きょうはひとつ、私からも報告があります。少しだけ驚かせてしまうことになるかもしれないけれど、大切な報告。というよりも、決意表明かな。

前にもちらっと話した、母のフィアンセの香坂《こうさか》さんのことです。

それまでずっと、私は母の再婚に対して、無邪気に祝福する気にはやっぱりどうしてもなれなくて、香坂さんに対してもいつも煮え切らない、意地悪で卑屈《ひくつ》な態度をとりつづけていたのね。ここまではすでに話したと思うけど、ここから先はまだだった。

実は以前、香坂さんが東京に来ることになってて、私は会う約束をしていたんだけど、すっぽかしてしまったことがあったの。すっぽかして、私は誰かさんに会いに行っていました。誰かさんとは、誰でしょう。そう、岡山に住んでいる私の愛しの宇宙人さん、浜崎旅館のご主人です。ごめんね、あの日は、佑司には正直に、このことを打ち明けられなかった。でも、香坂さんのことがあってても、なくても、佑司に会いたかった気持ちは真実だから、許してね。

香坂さんにはやっぱりどうしても会いたくなかった。だから私は佑司のところに逃げ込んだ。そんな私を、佑司は黙って受け入れてくれましたね。何も訊《き》こうとしないで、ただ黙って、大きな大きな優しさで、包み込んでくれました。本当にありがとう。

自分で自分のこと、いつも、情けないなって思っています。どこまで佑司に甘えたら気がすむのだろうって。

それでね、ここから話はニューヨークへ飛びます。

佑司が父といっしょにジャズを聴きに行っていた夜、私は香坂さんといっしょにディナーを食べに行きました。ウェストビレッジにあるブラジル料理店へ（とても素敵なお店だったので、今度は絶対、佑司と行きたいです）。

自分でもすごく不思議だったのですが、その夜、私ははじめて、とても素直な気持ちで、香坂さんと向き合うことができたの。つまり、香坂さんを「母のフィアンセ」として認め、同時に、私の「ステップファーザー」としても受け入れられる、そういう気持ちにやっとなれたの。時間がかかったけれど、やっと。

それは……

カリンさんのおかげもあるけれど、それは佑司のおかげなの。やっぱりどうしても、このことは、声を大にして言っておきたいと思います。

私は佑司のおかげで、香坂さんへの醜い気持ち、母と香坂さんの結婚を許せないという怒りの感情を、切り捨てることができたのです。だから佑司、ありがとう。いっぱいいっぱいありがとう。私は今の自分が、前の自分よりも好き。そのことがとても気持ちいいし、うれしいの。

永遠の愛を誓ってくれて……佑司、ありがとう。

佑司にとっては冗談だったかもしれないけれど、私は本気。本気で、これから、佑司を永遠に好きでいようと思う。叶うことなら、死んだあとも。

それが報告。そして決意。佑司が受け取ってくれても、くれなくてもかまわない。私がそういう気持ちでいることを、今は、そしてこれからも、とても大切なことだと考えたいと思っています。カリンさんが私に残してくれたこの刻印を、大切にしたい、と。

母の家では、ふたたび香坂さんと三人で過ごしました。なごやかに、穏やかに。新しい家族。その一員を、今までは私はいやいや演じていたんだけど、これからはちゃんと築いていこうと思っています。母はとても幸せそうだった。心底、幸せだったんだと思います。母を喜ばせることができて、幸せにしてあげることができて、私もうれしかった。おかしな言い方になるけれど、香坂さんとの和解は、私にとって、生まれてはじめての「母親孝行」だったという気がします。

佑司が書いてくれていたように、私にはふたりの母親、ふたつの家族があって、どちらもかけがえのない存在で、確かにそのことで、バランスがとれていたのかもしれない。だけどその反面、やっぱりどうしても、不安定なところもあったと思う。香坂さんの出現と存在は、私にその不安定さを見せつけてくれた。これでもか、これでもか、と。私は苦しんだ。なぜ、私は香坂さんと母の結婚を応援できないのかと。

その、私の不安定な部分を補い、支えてくれたのが、佑司なんだと思う。佑司がいてくれるおかげで、私は不安定なVの字ではなくて、安定しているAの字になれた気がする。

佑司は、ニューヨークを気に入ってくれたみたいだから、今度またニューヨークに行くことがあったら、私のお気に入りの場所にいっしょに行こうね。いろんなおもしろいところに、連れていってあげる。それからいっしょに長距離バスに乗って、キングストンにある母の家にも行こう。母も香坂さんも佑司に会いたがっていました。

最後に予約のリクエストをひとつ。

五月の連休、岡山に遊びに行ってもいいですか？　浜崎旅館の予約、お願いします。食事は朝夕両方。おにぎりの中身は鮭と鰹節。昼間の観光ツアーも申し込みます。倉敷《くらしき》に行ってみたいです。必要でしたら、田植えもお手伝い（てごう？）させて。長靴と麦わら帽子を持っていくから！

それではまたいつでもお返事下さいね。深夜の電話、大歓迎です。いつも、いつでも、いつまでも、待っています。

Love, always
美亜子

3

Dearest　美亜子へ。

こんなカードを見つけたので、送ってみます。夢ちゃんと虹くんの、こいつは弟かもしれないね。さてさて、予約の件。しかと承《うけたまわ》りましたぞ。しかしながら当方にはこんな新提案もあり。ご一考下さりませ。ゴールデンウィークを挟んで十日ほど、京都に住んでいる知人夫妻が海外旅行をすることになっており、その間、彼らの家に泊まり込んで猫のお世話をする「キャットシッター」をさがしているのだが、という連絡が舞い込んできました。僕が引き受けることになったら、もちろん美亜子もいっしょに住み込んでくれていいそうです。このご夫妻の家は、北山《きたやま》通りの近く、植物園から歩いて五分ほどのところにあります。いかがでしょうか？　京都で猫と過ごす五月の連休。僕の方では途中で一日だけ、研究室に顔を出すために岡山に日帰りすることになると思うけど、それ以外はずっと京都にいられます。美亜子といっしょに京都で過ごせたら、夢のようだと思います。美亜子がなくした象さんを見つけに、ふたりで京都に行きませんか？

返事を松の木。佑司。

4

大好きな佑司へ
心配しています。ちょっと、じゃなくて、すごく。

電話の声、なんだか佑司じゃないみたいだった。風邪、これ以上こじらせないように、完全に治るまで、しっかり休んでね。もしかしたら、強行軍だったニューヨーク旅行のせいで、佑司は体調を崩したのかもしれないね。このところ気候が不安定で、寒暖の差が激しかったから、風邪のウィルスにやられてしまったのかもしれない。栄養のある、あたたかいものを食べて下さい。だけど、食べ過ぎに気をつけて。きっと、胃腸も今、佑司にSOSを出しているんだと思う。

京都のことは、もちろんすごく残念だったけれど、また近いうちにきっと、きっと行こうね。キャットシッターさん、代わりの人が見つかってよかったです。

佑司に負担をかけたくないので、短い手紙を送ります。愛だけは、たくさんこめて、送ります。電話でゆっくり話せそうな状態になったら、とりあえずかけてみてくれますか？私が留守だったら、指定してくれた時間に折り返します。週末、私の助けが必要なら、会いに行くから、リクエストして。そのつもりで、スタンバイしてるから。でも、佑司がひとりでゆっくり寝ていたかったら、そうした方がいいよ。

佑司の風邪が吹っ飛んでしまいますように、キス百個と竜巻のようなハグを。

美亜子より

5

美亜子様

どうしたんだろう。

いったい、どうしてしまったのだろう。何が起こったのか。何を起こしたのか。情けない男です。最低で、最悪です。自分がこんなにも情けない男で、最低で最悪で卑劣で軟弱な男だったとは、思ってもみなかった……。

まさか、美亜子にこんな手紙を書く日が、書かなくてはならない日が来ようとは、思ってもみなかった。自分でもまだ、この現実が受け入れられない。自分で自分が信じられない。けれど、とうとう来てしまった。こんな日が来てしまった。避けられなかった。春の嵐です、これは。僕はつむじ風に巻き込まれてしまい、突風に吹き飛ばされてしまい、叩

きつけるように降る雨に打たれながら、今、どうしたらいいのか、まったくわからないま
ま、この手紙を書き始めました。

　美亜子、許して欲しい。

　いや、許してくれなくていい。許されるようなことではないと、わかっている。わかり過ぎるくらい、わかっている。だからただ、僕は謝るだけです。美亜子、ごめんなさい。僕にはどうすることもできなかった。

　五月の連休の直前になって、僕はひどい風邪を引いてしまい、ダウンしていました。だから美亜子といっしょに京都へ行けなかった。しかし、京都へ行けなかった理由は、それだけではないのです。風邪を引いていても、引いていなくても、僕は京都へは行けなかったし、行かなかったでしょう。美亜子の顔を見ることなど、僕にはできなかった。美亜子の顔を前にして、僕はどんな顔をすればいいのか、わからなかった。今もわからない。

　正直に書きます。

　四月の終わりの三日間、僕はある人といっしょに過ごしていました。ここで、僕の部屋で、です。彼女は僕の部屋に泊まっていました。泊まっていただけじゃないんだ。僕とその人は……

　ああ、このあとにつづく文は、僕には書けません。ただ、美亜子に「ごめん」と言うし

かありません。

美亜子は今、唖然《あぜん》とし、驚き、あきれ、ものも言えない状態になっていると思う。怒ってくれていい。憎んでくれていい。永遠の憎悪《ぞうお》を抱いてくれてもかまわない。でも、泣かないで下さい。美亜子に涙を流してもらう資格なんか、ない。あざ笑われるだけでいい。僕はそれに見合うだけのことをしてしまった。美亜子だけじゃなくて、この世の中の誰もが「許せない」と思うようなことを、僕はしてしまった。なぜなら、僕が三日間、ここでいっしょに過ごした人は、兄の奥さんだからです。

最初から順を追って、書きます。決して言い訳にならないように、書きます。読みたくなかったら、ここでやめて、手紙を破り捨ててくれてかまわない。読んだら必ずいやな気持ちになるようなことばかりを、僕自身、吐きそうになるようなことばかりを、僕はこれからここに、書こうとしている。

美亜子も知っての通り、兄と恵子《けいこ》さんは、五年ほど前に結婚しました。兄は僕よりも六つ上で、恵子さんは兄よりも二つ下なので、僕よりも四つ上です。兄の働いていた(今もそこで働いています)長野《ながの》市内にある証券会社で、恵子さんは事務職についていて、ふたりは職場で知り合って恋愛結婚したわけです。結婚式と新婚旅行はハワイ。僕もいっしょに行きました。

ふたりの結婚は、とてもうまくいっているように、少なくとも僕の目には映っていたし、両親と恵子さんの仲もごく普通によかったように思うし、兄たちとは、僕が草津の両親の家にもどったとき、たまたま兄たちも帰省していれば、そこで顔を合わせる程度で、ひんぱんに会ってたわけじゃないけど、とにかく兄と恵子さんのあいだに、何か問題があったようには僕には思えなかった。でも、現実はそうじゃなかったみたいです。

彼女から電話がかかってきたのは、二十七日の夜でした。実は、大阪に住んでいる友だちのところに泊まりがけで遊びに来ているのだけれど、友人の都合によって、泊めてもらうことができなくなり、ホテルをとろうとしたものの、どこもいっぱいなので、一泊だけでかまわないから、僕のところに泊めてもらえないだろうか、というような内容でした。そのときは、切羽詰《せっぱつ》まったような雰囲気もなく、落ち着いた口調だったので、僕は「そういうことなら、仕方ないかな」と思い、研究室には寝袋もあるので、僕はそこで寝て、部屋は恵子さんに使ってもらえばいいやと考えたわけです。

岡山駅まで恵子さんを迎えに行き、案内がてら、いっしょに部屋までもどってきて、ドアの前で別れようとしたのですが、そのときになって突然、恵子さんは「家出をしてきた」と言ったのです。もう、兄と暮らすアパートにもどるつもりはない。離婚するつもりで、家を出てきた、と。ほかに行くところもない。僕だけが頼りであると。

それまで抑えていた感情が爆発したのか、恵子さんはわっと泣き出してしまいました。体をふたつに折り曲げるようにして、泣くのです。すっかり取り乱している彼女をその場に置いて、去っていくわけにもいかず、とにかく部屋のなかに入ってもらい、しばらく彼女の話に耳を傾けていました。兄と大げんかをして、家を飛び出して、その勢いで大阪まで来てしまった。しかし、大阪にいる友だちがたまたま留守だったので、僕のところに来た——と、最初はそんなふうに言っていたのですが、実際はそうではなかったんだね。話の途中で、そのことがわかりました。はじめっから、僕のところに転がり込むつもりで、恵子さんは岡山にやってきたのです。

なぜ、僕のところに？

彼女の言葉を真に受けるなら、恵子さんはずっと僕のことが好きだったというのです。そんなことはまっかな嘘だったと、あとですぐにわかりましたが。兄とうまくいかなくなったのも、僕の存在が原因であると。

僕は混乱しました。いきなりそんなことを言われて、どうしたらいいのか、まったくわからなかった。どうするべきか、見当もつかなかった。とにかく「今夜は研究室に泊まるから」と言って、部屋を出ていこうとした。けれど、恵子さんは泣き叫ぶようにして、「行かないで」と言うのです。僕の腰に抱きついて、離れないのです。「ひとりにしないで。ひとりにされると、死んでしまうかもしれない」と脅《おど》されました。そんな恵子さんを、僕にはふりきることができなかった。

僕はすぐに、兄と両親に連絡するべきだったでしょうか？

恵子さんが泣こうと、叫ぼうと、わめこうと、怒ろうと、自殺を企《くわだ》てようとどうしようと、僕の知ったことじゃないと無視して、兄に電話をかけるべきだったでしょうか？

兄のことは、ここには書きたくありません。恵子さんから聞いた話だけで、一方的に兄を「悪い人」と決めつけることは、僕にはできない。僕にとっては、かけがえのない、いい兄貴なんだし。

だけど、混乱している僕にも、ひとつだけ、明らかにわかっていたことは、「恵子さんを、今は兄のもとにもどすべきじゃない」ということでした。悲しいことだけど、それだけは確かなように思えました。兄が恵子さんにした諸々のこと――くわしいことは、ここには書けないけど、暴力もふるっていたようだった――を思うと、そういう結論を導くしかなかったのです。

その夜、恵子さんは泣き疲れたのか、僕のベッドに倒れ込んだまま眠り、僕は仕方なく押し入れのなかに毛布を敷いて寝ました。美亜子も知っての通り、狭い部屋だから。だけど、たとえふすま一枚でもいいから、きちんと離れたところに寝なくてはと思ってね。それですっかり風邪を引いてしまった。けっこう肌寒い夜だったから。

恵子さんはそれから三日間、僕の部屋から一歩も出ることなく、ここにいました。

美亜子、僕はこれ以上、何を書けばいいのだろう。たぶん、もう何も書くべきじゃないね。何を書いても、それは言い訳になる。うす汚い、卑劣な言い訳だ。反吐《へど》が出そうだよ。僕は最低の男だ。

恵子さんが悪いのではない。兄が悪いのでもない。僕のしたことは、僕の責任です。恵子さんが僕を好きだった（と言っていた）ように、僕も心のどこかで、恵子さんのことが好きだったことは、確かなことです。兄の奥さんなんだから「好き」で当然なんだと思うけど、そこに「欲望」が加わったとき、僕はもうどうにも、自分で自分を止めることができなくなっていた。欲望の嵐に巻き込まれたのです、みずから進んで。僕は美亜子を裏切ったのです。

四日目の朝（美亜子と京都駅で落ち合う約束をしていた日の前日です）、起きると、恵子さんの姿は消えていました。机の上に残された置き手紙には、たった三語だけ、「ありがとう。ごめんね。さようなら」と書かれていました。

恵子さんが何食わぬ顔をして、兄のもとにもどったことを知ったのは、母からかかってきた何気ない電話によって、です。母の話によると、恵子さんは「大学時代の友だちと温泉旅行」をしていたことになっていました。兄もまったく疑っていないようでした。恵子さんが本当はどこで、何をしていたのか。自分の妻が、自分の弟と何をしたのか。

美亜子、僕はこのことをどう考え、どう受け止めたらいいのだろう。恵子さんと僕は、何をしたんだろう。何のために、僕は恵子さんに、恵子さんは僕に、何をしたのだろう。恵子さんは僕と過ちを犯すことで、兄に復讐《ふくしゅう》し、そして、ふたたび兄との結婚生活を維持していく決意をしたのだろうか。そのために、僕の存在が必要だったのだろうか。どうして、僕だったんだろう。わからない。

混乱状態は今もつづいている。僕はまだ、暴風雨のまっただなかにいる。美亜子に連絡をしていいかどうかも、わからない。

美亜子、僕はこの手紙を美亜子に出すべきなのだろうか。出さないままでいるべきなのだろうか。何もなかったことにして、恵子さんが兄のもとにもどっていったように、僕もまた……。

人をひどく傷つけるとわかっていても、正直になるべきなのか。それともじょうずに嘘をついて、事実を隠して、誰も傷つかないようにするべきなのか。僕にはわからない。わかっていることは、僕は間違いを犯してしまったのだということ。美亜子のことがこんなに好きで、大切なのに。大切な人をむちゃくちゃに壊してしまうようなことを、僕はしてしまった。美亜子が好きだ。だからこそ、僕は自分が許せない。
虹くん。
いつも美亜子のそばにいる、象の虹くん。僕はどうすればいいですか?
教えて下さい。美亜子のそばですやすや眠っている、虹くん。

さみしがりやの猫

1

マイ・ファニー・レインボウ　こと　佑司様

こんばんは。久しぶりのかたつむり便です。

今、夜中の一時ちょっと過ぎ。だけど、気持ちは虹です。って、これは佑司の真似。

ついさっき、来週のゼミで発表することになっているレポートをひとつ片づけて、ほっとしているところ。ほっとすると同時に、ホットなマイ・ファニー・宇宙人さんのことを思い出し、やっぱりどうしても、お手紙を書きたい気持ちになりました。

いいえ、思い出すというのは、正しくない。だって、いつもいつも現在進行形で思っているから。

朝からずっと、降りつづいていた雨がやっと上がって、どこか遠くの方で雷《かみなり》が鳴っています。猫のごろごろみたいな雷。ああ、梅雨《つゆ》の終わりを告げる雷だといいなぁ。

岡山は、どんな気候になっていますか？　私たちにはうっとうしいだけの梅雨の季節だけれど、田んぼの稲たちにとっては恵みの雨、生長の季節だったよね？　佑司の田んぼ、青々としてますか？　蛙たちも元気かな？

さて、このあいだは、とんぼ返りの上京、ありがとう！

忙しいのに、わざわざ駆けつけてきてくれて、本当にありがとう！

うれしかった。今年も、佑司にバースデイを祝ってもらえて、私はとってもうれしかった（佑司からプレゼントしてもらった倉敷ガラスのコップで、アイスミントティを飲みながら、これを書いてます）。佑司と知り合って、二年目の記念日のお祝いもできたね。

それにしても、あんなに美味しいお好み焼きがこの世にあるなんて……

二十歳の誕生日は（京都で）ピザでお祝いし、二十一歳は（東京で）お好み焼きっていうのが、なんとも言えず「いい味が出てるね」って、楓ママに言われました。これって、ほめられているのかなぁ。小夜子さんの解釈によると、ピザとお好み焼きには「まんまるい」という共通点があり、それはふたりの「未来は円満」を意味するのだそうです。じゃあ、来年は、何でお祝いする？　何か丸いもの。丸くてでっかいものがいいね。

楓ママと小夜子さんも、あの日、佑司が腕まくりしてつくってくれたお好み焼きの味、ふわふわでしっとりの食感が忘れられないって言ってます。ふたりは、佑司に教わったつくり方を復習しながら何度かつくってみたそうですが、やっぱりどうしても、佑司の味は再現できなかった、と、嘆《なげ》いていました。

キャベツの千切りを完全に乾《かわ》かすこと。小麦粉と片栗粉の割合は、六対四。粉は鰹だしで溶いて、最低五時間は寝かせる。ひっくり返すのは一回だけで、押さえすぎは禁物。などなど、佑司が強調していたポイントは、すべて守ったみたいなんだけど。ほかに何かアドバイスがあったら教えて下さい、とのことです。私も知りたい、佑司の隠し味。

ううう、こんなことを書いていたら、猛烈におなかが空いてきました。どうしよう。こんな時間にごはんを食べたら、太るに決まってるよね。お菓子はもっとよくないね。どうしよう。仕方がないので、りんごで手を打とうと思います。佑司曰く「困ったときのりんご頼み」というわけです。

というわけで、ここからは、りんごをかじりながら書いてます。

カレンダーを一枚めくると、八月。もういくつ寝ると、夏休み。わーい、楽しみです！　久しぶりのニューヨーク。NYU《ニューヨーク大学》のサマーコースの申し込みも無事、すませました。父は夏にはヨーロッパに撮影旅行に出かけるので、グリニッチビレッジのアパートメントもひとりじめできます。楽しみです！　一番の楽しみは、それはもちろん、佑司とニューヨークで過ごすこと。勝手に決めてしまってますけど。

ね、佑司、どんなに短くてもいいから、きっと来てね。きっときっと、会いに来てね。ワシントン・スクエアをお散歩して、犬の広場でカリンさんの記念のベンチに腰かけて、それから夜は毎晩、ジャズを聴きに行こうね。美味しいもの、いっぱい食べに行こう。佑司の大好きな食べ放題のチャイニーズにもつきあうよ。揚げたてのドーナツも食べようね。ああっ、ドーナツって、丸い。来年の記念日はドーナツで決まり？

って、なんだか私、今夜は食べ物のことばっかり、書いてる気がする。

りんごを食べたら、少し、眠くなってきました。このあたりで、ペンを置きます。心のペンは置かないけれど。あ、でも、おやすみなさいを言う前に、ひとつだけ、私の心のペン先に、コリッと引っかかっていることを書かせて下さい。

ストレートに書くよ。佑司、お誕生日会のとき、あんまり元気がなかったね？　なんだかいっしょうけんめい、元気そうにふるまってたけど、私にはなんとなくわかってしまったの。

何かあったの？

これって、私の気のせいかな？　だけど、小夜子さんがその昔、私に教えてくれた「気のせいかなって思えることはたいてい、気のせいじゃない」という真理にもとづいて、私は今、ちょっと、じゃなくて、かなり、心配しています。

それに、気のせいじゃないと思える証拠に、佑司はお好み焼きを一枚しか、食べなかった。一枚なんて、絶対おかしいよ。そんなの、佑司じゃないもん。佑司なら、五枚。最低でも三枚。それなのに一枚って、いったいどういうこと？
ごめんなさい。なんだか、詰め寄るみたいな書き方になってる？　許してね。
ここまで書いて、ふっと思い出した。前に、佑司からもらった手紙のなかに、今の私の気持ちをそのまま語っているような、そういう文章があった気がする。そう、佑司も今の私と同じようなことを感じていたってこと。
引き出しの奥から手紙を取り出して、読み返してみたら、やっぱりあった！

――美亜子がふっと、どこかに消えてしまいそう、というか、近くにいるのに遠くに感じる、というか、そんな、訳もない不安で胸がしめつけられるようなんです。

そうなんです。そうなの、今の私、まさにこんな感じなの。

――信号の壊れた交差点に立って、どっちに進んだらいいのか、わからなくなって、突っ立っているような、まいごになったような気持ち。

どうしてなのかな。私は佑司を好きで、佑司は私を好きでいてくれて、私たち、相思相愛で、なんにも不安を感じる必要はないし、まいごでもないはずなのに。それなのに。

寂しいです。淋しいです。さびしいです。どれもちょっと文字が違う。響きが違う。「び」のところが違う。さみしい。そう、さみしいの。さみしくて、不安。

佑司がすうっと、どこかに消えてしまいそうで、すごく不安なの。なぜ、こんな不安を感じるのか、自分でもよくわからないのだけれど、あれからずっと「お好み焼き一枚」が気になっています。

ね、佑司、何か悩んでいることがあるのだったら、私でよかったら、話してみてね。話してすっきりするようだったら、なんでも話してみてね。

最後は、なんだかあと味のよくない終わり方になってしまったでしょうか？

虹くんを、ぎゅっと抱きしめて、眠ります。

あしたの朝、起きたら、まっさきに佑司に電話しようっと。電話で元気な声を聞いたあと、この手紙を出しますね。佑司に読んで、笑ってもらえたらいいなと思う。

佑司に会いたい。すごく会いたい。岡山に飛んでいって、会いたいです。さみしい、さみしい、さみしいです。


思いっきりさみしがりやの夢ちゃん、こと、美亜子より

2

美亜子様

今朝は電話をありがとう。出られなくて、ごめん。朝起きるのが遅くなり、ちょっとバタバタしてたんで。

録音メッセージ、聞きました。ありがとう。心配かけたけど、だいじょうぶ、元気です。手紙も待ってるよ。その手紙を読んでから、あらためて返事を書こうかとも思ったんだが、とりあえず、美亜子があれこれ心配しているといけないし、ニューヨークの件も早めに伝えなきゃと思ったので、行き違いになるかもしれないが、取り急ぎ、もらった電話の返事だけを書きます。

まず、美亜子の心配は、杞憂《きゆう》です。僕には悩みはありません。お好み焼き一枚だったのは、本当に単純に、食欲がなかったせい。というのは、のぼりの新幹線のなかで、弁当を?個、食べていたせい。?のところは、美亜子も知っての通りだよ。

それから、ニューヨーク行きなんですが、残念だけれど、これがかなりむずかしくなってきた。たぶん無理だと思う。

というのは、ここで話が前後するけど、近々、引っ越そうと思っています。理由はいくつかあるのですが、もっとも大きな理由は、前にもちらっと話したと思うけど、アパートのすぐ前にある田んぼがつぶされ、そこに大型スーパーが建設されることになったってこと。よって、アパートも取り壊され、駐車場になる。大家さんから知らされてはいたんだけど、そのスケジュールが早まって、なんと、東京からもどったらすでにブルドーザーが田んぼに入ってきてた。収穫前だというのに！　ショックでした。これはもう、本当に本当に大ショックで、目の前がまっくらになった、と書いても、決してオーバーじゃない。僕のショックは、誰よりも美亜子が一番よく、理解してくれるでしょう。

田んぼがつぶされるということは、稲がなくなるだけじゃなくて、そこに棲《す》んでいる小さな生物、蛙も虫もとんぼも蝶《ちょう》も、すべての生命体が根こそぎ破壊され、失われるってこと。もう二度と、もどってこないということ。土も植物も、すべてはコンクリートの下で死に絶える。悲しいです。スーパーは道路沿いにも何軒かあるのに、これ以上、必要なんでしょうか。

そんなこんなで、急きょ、住む場所を見つけて、引っ越しをしなくてはなりません。それから、草津へももどらなくちゃいけないし、大学院関係のあれこれもあって、ニューヨーク行きは残念ながら、見送ろうと思っている。東京では、はっきりしたことが言えなくて、美亜子に期待だけさせてしまったようで、申し訳ない。

それと、突然だけど、「夢ちゃん」を同封します。

これから引っ越すことになるから、新しいアパートが決まって、新しい鍵を手にするまで、夢ちゃんを美亜子のところで、預かっておいて欲しい。なんなら美亜子が使ってくれてもいい。そっちのでっかい虹くんと、会わせてやって下さい。ニューヨークへ行くとき、お守りとして、スーツケースに結び付けていってくれるかな？

急いで書いたので、汚い文字でごめんね。昼休み、あと五分ほどで終わって、午後のクラスが始まります。いろいろと、考えなくてはならないことが山積みで、あたふたしています。また書きます。あわただしい手紙でごめん。つづきは電話で。

佑

3

大好きな佑司へ
地球の裏側、ニューヨーク州から、こんばんは。
お久しぶりです！　ロング・タイム・ノー・シーです！　そして、相変わらず、うぇーん、さみしいよ〜！　さっき電話をかけたけど、すでにつながらなくなっていたので、こうしてお手紙を書くことにしました。たぶん、佑司は今、引っ越しのまっさいちゅうなのかな？　それとも草津のご両親のところ？　日本は暑い夏のまっさかりですね。こっちは涼しくて過ごしやすい、さわやかな夏です。

この黄色いレポート用紙、紙質は悪いし、うすくて、裏にインクがにじんでしまうし、なにぃこのセンス！　って、首をかしげたくなるでしょ。せっかく佑司にお手紙を書くのだからと思って、昼間、すてきな便せんを探して、うろうろとストリートを歩きまわってみたんだけど……ない！　全然ない。見つからない。カードやポストカード類はすごく充実してるんだけど、おしゃれな便せんが、ない。仕方がないので、このレポート用紙。アメリカではもっともポピュラーで、どこへ行っても、スーパーでも薬局でも売られているものです。弁護士さんも使ってる（関係ないか？）。がまんして、読んでね。

私の近況。サマーコースの方は、なんとか順調。まあまあうまくいっています。日本では、英語を話す機会がほとんどなかったので、舌がうまく回らなくなっていたらどうしようって、心配してたんだけど、大丈夫だった。ほっとしています。

今週末から、母のところに来ています。キングストン。王様の町。小学生時代から母とふたりで暮らしていた家です。二階にある私の部屋。小学生の頃から使っていた机と椅子。今、その机の前に座って、書いています。重い！　ひざの上には、ユン。肩から背中にかけて、レネがのっかってる。だからこんなに字が下手になっている。この子たちとも、小学生の頃から、ここでいっしょに寝起きしていました。今は二匹とも老猫になって、ずいぶんやせてるけど、やっぱり二匹だと重いです。でも、久しぶりに二匹に会えて、私はとっても嬉しい。私も喉を鳴らしています。会えてうれしいよ。長いあいだ、どこへ行ってたの、さみしかった、さみしかった、さみしかった……二匹の猫語を訳すと、こうなります。これって、今の私の気持ち。佑司に対する。

今はお昼の虹（＝二時）。ということは、日本は真夜中の三時です。佑司はきっとぐっすり眠っていることでしょう。佑司が、楽しい「夢」ちゃんを見ているといいなと思います。

あ、夢ちゃんはね、成田《なりた》空港で佑司とお別れしたあと（泣きそうだった、一ヶ月半も会えなくなるのかと思うと）、飛行機のなかでちゃんと旅行鞄に結びつけて、ニューヨークまでいっしょに連れてきてますから、安心してね。今度、佑司の引っ越した新しいお部屋に遊びに行ったとき、佑司のもとにもどしてあげようね。それまでは、私のお守り。前にもらった手紙のなかに入っていなかったから、どうしたのかなと思って、実はすごく心配していたんだけど、空港で手渡してくれるなんて、佑司らしい！

母と香坂さんはランチのあと、物件探しに出かけました。ふたりはもうじき結婚し、香坂さんは今年いっぱいで、今働いているデパートを退職し、マンハッタンからこっちに引っ越してきて、来年の春からふたりでお店を持ちたいと考えているそうです。

どんなお店かって？　それはアンティークショップです。骨董屋さん、もしくは、古道具屋さん、もしくは、がらくた屋さんともいう？　ここから車で三十分ほど走ったところにあるソガティーズという町。そこには、アンティークショップがたくさん立ち並んでいて、ソガティーズは別名、アンティークの町。そこで、香坂さんと母は古いおうちを一軒買って、一階でお店を開き、ふたりは二階に住もうと計画しているみたい。

実現するといいなと思います。心から、ふたりの前途を祝福し、未来を応援したいと思っています。以前にも書いたけど、佑司、覚えてる？　私がふたりの結婚を心の底からお祝いしたい気持ちになれたのは、佑司のおかげです。

母とはずっとぎくしゃくしていたんだけれど、今度のこの帰省で、今までのぎくしゃくの糸のかたまりが、すーっと解《ほど》けたような気がします。近い将来、佑司には、母と香坂さんに会って欲しいです。ふたりも会いたがっていました。

きのうの午後、ふたりに付き合って、私もアンティークショップ巡りをしてきました。古い家具、古い洋服、古い置物、古い人形、古い絵はがき、古いハンカチ、古いレース。

何もかも、古いの。古いって、すてきだなって思った。思い出とか、記憶とか、時の流れとか、いろいろなものが染み込んで、積み重なっているせいか、古さのなかには優しさやあたたかみや、愛を感じる。私と佑司も、いっしょに古くなっていきたいね。古いってことは、愛情が深まるってことだと思う。私は古いものを愛する。信じる。新しいものじゃなくて、古いものを。

というようなことを車のなかで、ふたりに話したら、思いっきり笑い飛ばされた。

「まだ、そんなにあわてて古くならなくてもいい。今はまだ、どんどん脱皮して、新しくなることだけ、考えていればいいよ」

香坂さんにそう言われ、笑われました。

香坂さんによると、十代は卵で、二十代はひよこ。三十代は小鳥。四十代になってやっと、人は一人前になり、五十代で大空に羽ばたくのだそうです。そして六十代は、体力と気力と知力のバランスが最高潮に達する年代。七十代からあとは、がんばるだけじゃなくて、人生をエンジョイする年代。とすると、私たち、まだ二羽のひよこってこと？　ちなみに、母たちふたりは、四十代と五十代のカップル。

ところで、ここは階段を上がって左手なんだけど、廊下をはさんで向かいにはマスターベッドルームがあり、その奥に（階段の突きあたりからも入れます）、小さな部屋があります。屋根裏部屋みたいな空間。母はそこに、アンティークショップで買い集めたミシン、アイロン台、本棚や飾り棚、そして、レコードプレイヤーなどを置いています。もちろん本棚には、古いレコードがぎっしり。母は古いジャズが大好きなの。スタンダードジャズっていうのかな。

小・中学生時代、私が学校からもどってきて、自分の部屋で勉強をしているとき、母はよくその小部屋で、古いレコードをかけて、好きな音楽を聴きながら、アイロンがけをしていました。うちはお金持ちじゃなかったから、めったに新しい洋服は買ってもらえなかったけど、その代わりに、母はアイロンをかけて、糊《のり》をきかせて、くたびれた洋服をぱりっとよみがえらせるのがじょうずだった。あと、ボタンだけ、リボンだけ、付け替えたりしてね。だけど、私はそのことがすごくいやで、しょっちゅう文句をつけていた。「こんなの着たくない」「新しい洋服、買って」って。母はきっと、つらい思いをしていただろうなと思う。当時は思わなかった。でも今はそう思っている。いつか、母に謝ろうとも思ってます。

母とは対照的に、父とカリンさんは（ふたりもお金持ちではなかったんだけど）、ねだるとすぐに新しい洋服を買ってくれるの。甘すぎるくらい、私には甘かった。

「男の子はできるだけ厳しく、女の子はできるかぎり甘やかす」

これが正しい子どもの育て方だなんて、冗談だと思うけど、言ってたこともあったくらい。だから私は、父とカリンさんのところに行くと、いつも新しい洋服をどっさり買ってもらって、大満足。カリンさんはまるで着せ替え人形みたいに、次から次へと買ってくれるの。「あたしはミアちゃんのお下がりを着るから、合理的や」なんて言って。値段が高くても買ってくれた。でも、母のところにもどるときには、全部、置いて帰っていた。さすがに、それらを着て、母のところにもどることはできなかった。

そんなことを思い出しながら、これから母の小部屋に行って、ちょこっとレコードを聴いてこようと思います。

佑司がここにいたらいいのに。

こないだ、「アジア文化研究」のコースで習ったばかりの、お釈迦《しゃか》様の思想。人間の背負っている四つの苦しみ「生・老・病・死」に加えて、さらに四つあるという苦しみのうちのひとつ「愛別離苦」――愛する人と離れている苦しみを味わっています。

美亜子より

4

大好きな宇宙人様　こと　佑司へ

さてさて、ふたたびの黄色いレポート用紙の出番。

お手紙のつづきです。ついさっき、前にキングストンで書いたページを読み返してみたんだけど、なんだか後半、湿っぽいね。母のことを思うとき、母について書いてるとき、なぜか感情が湿ってくるみたい。うちの母＝雨なのかもしれない。

というわけで、今は、父のアパートメントにもどってきています。猫はいないけど、観葉植物がたくさん。鉢植えもいっぱい。どれも南国風なの。ソテツとか、ハイビスカスとか、ジャスミンとか、サボテンもあるよ。ピンク色の花をつけてる。これはカリンさんが育ててたんだね、きっと。そう、カリンさんが昔から育ててたものが、確かにある。覚えてる。彼女がお水やりをしていた姿。

ここは底抜けに明るいです。雨、ひとつぶも、降ってません。父って人は、佑司も知ってると思うけど、たとえ本人が泣いていても、まわりを明るくできる人なのね。カリンさんも、そうだった。だからふたり揃うと、まるで太陽とひまわりみたいだった。今は、父がひとりで太陽とひまわりの両方をやってるって感じ。

授業が終わったあと、ワシントン・スクエアをぐるっとひとまわり散歩して、もどってきました。シャワーを浴びてさっぱりし、佑司の好きな「風呂上がりのビール」もぐびびびびと飲んで、飲みながら、父のCDの大半を占めているレゲエのなかから一枚を選んでかけて、踊りながら、お料理をつくった。さて、私は何をつくったのでしょう？

答え＝お好み焼きです！

ここのキッチンにはフライパンしかないけど、わりとうまく焼けました。佑司が教えてくれた通り、最初は強火で、ひっくり返すのは一回だけにして、決して押さえず、反対側は弱火にして、焦げ目がつくまでおとなしく待って。おいしかったよ。佑司の味には到底、及ばなかったけれど。ソースは火が点いているときにかけ、青のりと鰹節は、火からおろしてから、というのも守ったよ。

お好み焼きの話はここまでにしておいて、今夜は佑司に報告したい、とっておきのニュースがあるの。ゆうべ、NYUで友だちになった子といっしょに、ジャズを聴きに行ってきた。ウェストビレッジにある「スモールズ」という、その名の通り、本当に小ちゃなジャズクラブ。細長いビルの地下にもぐっていくの。もぐらみたいに。

そこで、出会いがあった。まったく偶然の出会いです。誰と出会ったかというとね、それは、佑司もよーく知っている人なの。知っているどころじゃなくて、佑司が大ファンになった人。佑司が四月にここに来てたとき、父といっしょに演奏を聴いた人。父の知り合いの、日本人女性ジャズピアニスト。なんと岡山出身の！

もう、すっかりくっきり思い出してくれたよね。

そうなの、私、恭子《きょうこ》ちゃんのピアノを聴いてきたの。恭子ちゃんが出るとは知らないで、友だちの「すっごいおすすめのピアニストがいる」という誘いにのって、聴きに行ったら、それが恭子ちゃんだったというわけです。だから、なんだか私、ゆうべはスモールズで佑司に会えたみたいで、うれしかったの。

恭子ちゃんの演奏は……今、これを書きながら、彼女の指先を思い浮かべているだけで、体がふるえてくるくらい、すてきだった。繊細なのに大胆で。優しいのに激しくて。悲しいのに微笑みが滲んでいて。夢のなかに虹が織り込まれているって感じで。まるでピアノの妖精か、精霊が、弾いてるみたいだった。

佑司は『The Fattest Cat In N.Y.』――ニューヨークで一番、でぶっちょの猫、という曲を覚えていますか？（CDも買ったので、送ります）

その曲を弾き始める前に、恭子ちゃんは私たちに、こんなお話をしてくれました。

「岡山で生まれ、両親、四人の兄弟、妹がひとり。私を入れると合計八人という大家族のなかで育った私は、ニューヨークに移り住むようになったばかりの頃、寂しくて、人恋しくてたまらず、寂しさをなんとかしてうずめたくて、ひたすら食べることに逃げていました。食べて食べて、寂しさや孤独を忘れようとしていたのです。当然のことながら、私の体はぶくぶく太っていき、気がついたら、とんでもないでぶになっていました。このままではいけない、なんとかしなきゃと思うと、それがまたストレスになって、どんどん食べる方に走ってしまうという最悪の悪循環。そんなある日、悶々と悩んでいた私に、ある友人が言ったのです。『恭子ちゃん、この際、もっとどんどん食べて、ニューヨークで一番太ったピアニストになればいいよ。きっと有名になれるよ』って。明るく笑いながら、言い放ったのです。私は岡山弁で『そんなの、いやじゃぁ！』と抵抗しながらも、あとでその自分の姿、ものすごく太った、くじらみたいなピアニストが、ひとでみたいな太い指でピアノを弾いている姿を想像してみると、おかしくてたまらなくなり、ひとりで大笑いをしました。ときには自分で自分を笑ってみるのもいいものです。あの日を境にして、異常な食欲は少しずつおさまり、素直に、あるがままの自分に向き合えるようになっていきました。苦しかったその頃の体験を曲にしたら、こんな風になりました。お届けします」

どの曲もすてきだったけれど、今の私には一番、体に染み込む曲でした。私が必要としている曲でもありました。私は今、ニューヨークで一番、さみしくてたまらない猫だと思います。さみしさの余りに、心がぶくぶく太ってしまっている猫です。だけど、今夜は、自分でそんな自分を笑ってみようと思います。そして、私もありのままの自分に向き合いたい。さみしくてたまらない私に、それでいいんだよって、言ってあげたい。

早く日本にもどって、佑司に会いたいです。

この手紙とCD、どこに送ったらいいのかわからないから、佑司が前に教えてくれた草津のご両親のおうちに送っておきますね。

もしも読んだら、電話をかけて。

すぐにかけて。お願い。時差は気にしないで。二十四時間、いつでもずっと待ってるから。佑司の声が聞きたいです。とてもとても。

さみしがりやの美亜猫より

八月二十日

5

市ノ瀬美亜子様

今、美亜子がこの手紙を読んでいる場所のことを思い浮かべています。

大きくあいた南向きの窓から、さんさんと陽の光が射し込んでいて、窓辺には大小さまざまな植木鉢が並べられていました。花の咲いているものもあったし、葉っぱや茎やつるを伸ばしたい放題に伸ばしたものもあった。リビングルームには、冬さんと美亜子と僕がいて、三人で、コーヒーを飲んでいたね。ワシントン・スクエアに早朝の散歩に出かけてもどってきた冬さんが、カフェで買ってきてくれたコーヒーです。僕と冬さんはラージで、美亜子はスモール。これから三人で病院へ行って、香林さんに会おうとしている、その朝です。つまり、僕らが永遠の愛を誓う直前の朝です。

その時はまだ、香林さんは生きていました。だから、香林さんも僕らといっしょにあの場所にいたのだと思います。僕らは四人でコーヒーを飲んでいた、そんな気がしてなりません。美亜子は今、あのリビングルームの長椅子の上に座って、この手紙を読んでいるのではないだろうか。香林さんといっしょに。

どこで読んでいても、この手紙は、美亜子を悲しませるものになります。怒らせてしまうものになります。美亜子を傷つけ、損なうことになります。美亜子の心を一方的に攻撃し、殺してしまうことになる。そんな手紙を、僕はこれから書こうとしている。僕という人間は、いったいどういう人間なんだろう。

僕は今、自分が、自分の一番嫌っている人間であることを自覚しています。

美亜子、僕には、好きな人ができました。いや、できた、というのは間違っている。好きな人は、いました。美亜子と知り合う前から、いました。好きになってはいけない人だったし、好きになっても空しいだけの人だったから、自分の心にしっかりとふたをして、好きではないふりをつづけていたら、いつのまにかその「ふり」が身についてしまい、なぁんだ、好きでもなんでもなかったんじゃないかと思えるようになった頃、僕は美亜子と知り合ったのです。

ここまで書いて、まだ決心がつかず、迷っています。

この先を書くべきなのかどうか。最初にもどって、何度か、読み直してみました。何度読み直してもまだ、気持ちはぐずぐずしている。頭に来て、殴り飛ばしてやりたいくらい、優柔不断な男だと思う。

実は、こういう手紙を書くのは、これが最初ではないのです。五月の連休が明けてから、僕は美亜子にあてて、長い手紙を書きました。曲がりくねった、長い手紙です。書き終えて封をして、あとは出すだけになっていたんだけれど、出せなかった。勇気がなかった。美亜子を失うのが怖かった。もっと正直に言うと、美亜子のことよりも、自分のことが心配だった。美亜子と別れて、この先ちゃんとやっていけるのだろうか、と。一週間ほど、引き出しのなかにしまっておいたけど、結局その手紙は、破り捨ててしまいました。

それから、美亜子のバースデイパーティに呼ばれて、日帰りで東京まで出ていった日、僕は鞄のなかに別の手紙を入れていました。こっちは短い手紙です。でもそれを渡すことも、できなかった。できないよ、そんなこと。できるわけがない。だって、誕生日のお祝いの日に、別れの手紙をもらったら、美亜子はどんな気分になるだろう。最悪で最低じゃないかと思った。僕には、美亜子を傷つける権利は、ない。僕が正直になることで、そのことが美亜子を傷つけるなら、僕は嘘つきのままでいいんじゃないか。それがその時に出していた結論でした。

成田空港まで見送りに出かけた日も、同じです。その日は、手紙は持っていなかった。「夢ちゃん」を渡す時に口頭で伝えようかと思っていた。でも、それも、できなかった。美亜子の言葉を借りれば「やっぱりどうしても」できなかった。旅立つ日に、別れ話なんて、できないよ。そんなことをすれば、美亜子の出発は台なしになる。出発だけじゃなくて、NY滞在も何もかも。台なしになるとわかっていて、わかっているのにそんなこと、できないよ。

だったら、僕はいつ、どこで、この話をすればいいんだろう。そう思いながら、これを書いている。いつかは、しなきゃならない。それとも、何も話さないで、黙って去っていけばいいのだろうか。

ここで話が少し前後します。

香林さんが亡くなった日の前日の晩、美亜子がお母さんのフィアンセと食事に出かけている時、僕は冬さんに連れられて、スモールズというジャズクラブに行きました。この話は何度もしたから、覚えてるよね。そこで、冬さんの知り合いのピアニストの演奏を聴いて感動したこと。恭子さんという、岡山出身のピアニストです。恭子さんは、ふわっとした感じの、柔らかくて丸くて優しい雰囲気を漂《ただよ》わせている人だけど、ひとたびピアノを弾き始めると、まるでまわりの空気がスパーンスパーンと割れるような、割れて砕けてこなごなになって、すべての破片に細かい美しいひびが入っていくような、そんな音を出していた。信じられない、ピアノであんなことができるなんて、すごいと思った。

『The Brave One』という曲がありました。「勇敢《ゆうかん》な人」。恭子さんは、その曲を弾き始める前に、曲の紹介として「人は、愛する人のためには勇敢になれる」というメッセージを僕らに送ってくれました。

　美亜子、僕は今、勇敢な人間になりたいと思っています。誤解を恐れず書けば、ほかならぬ、美亜子のために、勇敢になりたいと思います。僕は今、この瞬間も美亜子のことが好きだけれど、このまま、美亜子と楽しく、なかよく、つきあっていくことは、できません。そんなことはできないし、許されないことだし、するべきではありません。

　この二年間、本当に楽しかった。美亜子と過ごせた時間は、そのすべてが、これから先の僕の人生を照らす明かりとなってくれるでしょう。美亜子、ありがとう。

　どんなに感謝しても足りないくらい、感謝しています。

　そして、どんなに謝っても、謝り足りないくらい、ごめんなさい。

　嫌いになって下さい。憎んで下さい。怒りをぶつけてくれるなら、進んで受けます。こんな男だったんです。卑怯で卑劣で最悪で最低です。

　引っ越すことにしたのは、その人といっしょに暮らすためです。いつまでつづくかわからないし、三日で終わるのかもしれないし、三ヶ月で終わるのかもしれないが、とにかくしばらくのあいだ、ふたりでやっていくことにしました。終わりが来るとわかっていても、そういう道しか、選べなかった。その道を選べば、美亜子と別れることになる。美亜子とは一生、会えなくなる。それでも僕には、この道しかなかった。二本の道を同時に歩いていくことは、できない。

最期まで「勇敢な人」だった香林さんとの約束を守れなかったのが、つらいです。でも、美亜子は信じたくないと思うけれど、僕はこれからはひとりで、あの時の約束を守るよ。美亜子の幸せを、誰よりも強く願い、祈ろうと思う。永遠に祈りつづける。それくらいしか、僕にできることはないと思うから。

美亜子、今まで、本当にありがとう。

二年間、僕とつきあってくれて、ありがとう。

美亜子は、最後の最後までまぶしくて、初めてアルバイト先で出会った日、公園で声をかけてくれた日と同じように、輝いていた。これからも輝きつづけるだろう。美亜子の輝きを僕は忘れないよ。

さようなら。

八月二十日
浜崎佑司

masa.l

最後のお願い

1

佑司へ

泣きながら、書いています。書きながら、泣いています。

とうとうこんな日がやってきた……。

やっぱりどうしても、やってきた……。

私の胸は今、そんな思いでいっぱいになっています。悲しみと後悔と涙で、胸がいっぱいになってしまって、今にも破れそうな風船みたいです。いいえ、もう破れてしまっているのかもしれない。風船が破裂して、私の心はこなごなに壊れてしまって、その破片が胸にあたって、突き刺さって、だからこんなに苦しくて、痛いんだと思う。

どうしたらいいのか、わからない。わからないまま、ボールペンを命綱みたいに握りしめて、黄色いレポート用紙に向かっています。

佑司。私は今、痛いくらい、後悔しています。こんなことになるなら、佑司のそばを離れて、ニューヨークになんて、来なければよかった。夏休みにはまるごと、岡山で過ごすことだってできたのに、私はそうしなかった。いつも自分中心で、私がニューヨークへ行けば、佑司は会いに来てくれるはずだって、勝手に思い込んでいた。私はもっとちゃんと、佑司のそばにいるべきだった。そうすれば、佑司は別れの手紙を私に書かないで済んだのかもしれない。そう思うと、私の目の前はまっ暗になります。

それとも、私がどこでどう過ごそうと、佑司の気持ちはその人へと向かっていったのでしょうか。

いつか、こんな日が来るのかもしれない、と、漠然とした不安を感じた日のことは、今でもよく覚えています。

五月の連休の始まる少し前、だったと思う。キャットシッターをしに、いっしょに京都に行こうって誘ってくれて、でも佑司が風邪をこじらせてしまって、行けなくなったことを知った日。あの日から、何かが少しずつ、違った方向に——間違った方向に？——進み始めていることを、私は感じていたの。とはいえ、それは今だから言えることで、そのときには、ここまではっきりと言葉にして「違う」と言い切れるような感情ではなかったし、単なる私の思い込みというか、思い過ごしというか、そういうものなんだろうって思ってた（あのとき、私が、どんなに反対されても、強引にでも、佑司のもとに駆けつけていたなら、私たちは別れないでも済んだのでしょうか？）。

そして、そのあと、佑司が上京して、私のバースデイのお祝いをしてくれた日も、それから、成田空港まで見送りに来てくれた日も、やっぱりどうしても、私は何かが違うという思いを拭《ぬぐ》い去れなかったような気がします。

それならばなぜ、私はそのことを佑司に伝えなかったんだろう。

なぜ、佑司の様子がいつもと違うと感じていながら、それを放っておいてしまったんだろう。大切なことなのにね。ふたりにとって、大切なことなのに。きっと、甘えていたんだね。佑司はいつも、何もかもわかってくれている。佑司は私が何をしても、どんな女の子であっても、受け入れてくれて、全面的に好きでいてくれるから、だから大丈夫だって、私はお姫様気分でいたんだと思う。

私の、こういうところが、こういう無神経な性格が、日々、佑司を傷つけたり、追い詰めたりしていたのかもしれないね？　そうして、佑司をその人へと向かわせた？　だとすれば、私にも責任があるね。

佑司にずっと好きな人がいた、ということ。私と知り合う前から、いた、ということ。好きになってはいけない人だった、ということ。とても大きなショックでした。でも、佑司は驚くかもしれないけれど、ショックを受けると同時に、「ああ、わかる」と、私は思ってしまいました。

そうなの、佑司、私にはよくわかるの、佑司の書いていたことが、佑司の心模様が、佑司の取った行動が。手に取るようにわかるし、まるで、デジャビュのようだとも感じています。決して、くやしまぎれに書いているわけではないし、佑司にも私と同じショックを与えてやろうなんて、そんな意地悪な気持ちは毛頭ないんだけれど、なぜ、佑司の気持ちがよくわかるかというと、私にも過去に、佑司とまったく同じ経験があったからです。

佑司は覚えているでしょうか？

今からちょうど一年前の八月二十日。佑司と私が偶然、同じ日に、手紙を書き合っていたことがあったでしょう？　だけど、私は佑司に「その手紙」は出さないで、別の手紙を書いて送りました。実は「その手紙」は、私から佑司への別れの手紙だったのです。

私は、去年の八月二十日、奇しくも、佑司が今年、私に別れの手紙を書いた日と同じ日に、佑司に別れの手紙を書いていたの。だから、もしかしたらこの別れは、一年前から進み始めていたのかもしれないね。一年前に生まれて、一年という時間をかけて、私たちの別れは、成長していったのかもしれないね。

私の後悔の一番大きな理由は、だから、これです。この別れは、一年前に私が蒔《ま》いた種から芽生えたものではないかということ。私はなぜ、一年前に、正直に、佑司にすべてを話しておかなかったんだろう。佑司が手紙に書いていた「勇敢な人」に、私はなぜ、なれなかったんだろう。

私にも、佑司と知り合う前から、好きだった人がいました。

その人は、佑司もよく知っている、母の再婚相手の香坂さんです。好きになってもどうしようもない人なのに、私は彼に惹《ひ》かれる気持ちを抑えられなくて……ごめんなさい、もう、こんなこと、いくら書いても遅いね？ 遅すぎるよね？

香坂さんと母の再婚を素直に認めることができなかった本当の理由を、私は佑司に隠しつづけていました。佑司も、私が味わっていた、このうしろめたさをずっと味わっていたのかと思うと、やるせなくてたまりません。佑司にも私にも、ほかに好きな人がいて、私たち、それでもつきあっていて、やっぱりどうしても駄目になってしまって、でも、似た者同士なんだからまたやり直せるよって、そんな都合のいいカップルって、変だよね？ 変に決まっているし、変だと気づくのが、遅すぎるよね。

遅すぎるとわかっているけれど、ここに、最後のお願いを書かせて下さい。

最後のお願い。それは、私が日本にもどったとき、もう一度だけ、会って。

最後に、もう一度だけでいい、佑司の顔を見ながら、話がしたいです。ちゃんと話をしてから、佑司の話もちゃんと聞いてから、別れたいです。手紙だけでは伝わらない気持ちを、会って、伝えたい。だからお願い佑司、あともう一度だけ、会って下さい。

予定通り、三十日の飛行機でもどります。三十一日の夜には、アパートにもどっています。

生きていたカリンさんの前で、佑司と永遠の愛を誓い合うことになる日の朝、いっしょにコーヒーを飲んだテーブルで、この手紙を書きました。

この手紙よりも先に日本にもどって、佑司からの連絡を待ちます。

佑司のこと、嫌いになんか、なれない。

美亜子

2

市ノ瀬美亜子様

何から書き始めたらいいのだろう。どこから書き始めたらいいのだろう。それよりも何よりも、果たしてこの手紙は無事、あなたのもとに届くのだろうか。あなたは今、どこで暮らしているのだろう。どこで、どんな景色を見ているのだろう。今年の春には大学を卒業して、今はどこかの会社に就職しているのでしょうか？　その会社は日本にあるのか、アメリカにあるのか、それとも僕の知らない場所？

そんなことすら、わからないまま、それでも書き始めます。

美亜子が元気でいることを、ひたすら祈りながら。

美亜子、と、もう書いてはいけないね。そんな資格は僕にはないとわかっています。だから、美亜子さん、とこれからは書きます。

去年の夏、あなたがグリニッチビレッジから、僕の両親の家に送ってくれた三通の手紙を、つい五日ほど前に読んだばかりです。黄色いレポート用紙に綴《つづ》られた手紙です。ありがとう。ありがとうなんて、言うことすらおこがましいけれど、でも、ありがとう。

本当に、あんなにも自分勝手な、ひどいことをしておいて、いったいどの面《つら》下げて、あなたに手紙を書いたり、連絡をしたりすることができるというのか。

それでも、三月に地下鉄サリン事件が起こったときには、居ても立ってもいられなくなって、女友だちにあなたの友人を装ってもらい、楓さんと小夜子さんのところに電話をかけてもらったりしました。無事でよかった。本当によかった。今年は、大変なことが立て続けに起きました。日本はいったい、どうなってしまうんだろうと思った。

一月の大震災も大変だったね。今もその「大変」はつづいているわけだけど。僕はしばらくのあいだ、大阪にいる友人の家に身を寄せて、毎日、ボランティア活動に明け暮れていました。震災で飼い主を失ったり、住む家をなくしたりした犬や猫を引き取って保護し、新しい里親をさがすボランティアです。

ボランティアをやってみて、わかったこと。それは、僕たち人間はあまりにも無力だということ。犬一匹、猫一匹、救ってあげられないほど無力だということ。無力さをまざまざと見せつけられながらも、朝起きて夜寝るまで、とにかく今、自分の目の前にある「できること」をひとつずつ、やっていくしかないと思って、なんとか無力さに負けないで、がんばって生きていました。動物たちに教えられたことの、なんと多かったことだろう。彼らは、無力にはならない。彼らは死を恐れてもいない。与えられた運命をただ生きているだけなんですね。彼らには、現在しかない。それは尊《とうと》いことだと思いました。尊くて、美しい。人にはできない。絶対にできない。僕にもできなかった。

話が逸《そ》れました。

とにもかくにも、美亜子さんから届いていた三通の手紙を、僕はこうして、数年ぶりに草津にもどってきて初めて、目にしたわけです。あらためて、自分があなたにしたひどい仕打ちを自覚し、打ちひしがれていました。

去年の夏以来、両親とも兄とも、音信不通の状態になっていました。いや、なっていた、というよりも、僕がそういう状態にしていた。平たく言えば、僕は家出をしていたわけだから。こうして、草津の家にもどってくることは、もう一生ないだろうとも思っていました。だけど、もどってきた。おめおめと。もどってきた理由は、父が死んだからです。結果的に僕は、父にもひどいことをした。間接的にも、直接的にも、僕は父が築いてきたものをぶちこわした張本人で、父は失意のなかで死んでいったんだと思います。美亜子さんとは関係のないことだけど。

あなたと別れてから一年。僕の方にも、いろいろなことがありました。

短い期間でしたがいっしょに暮らしていた人とは別れて、大学院での研究生活にも終止符を打ち、さまざまなアルバイトをしながら、日本全国のいろんな土地を転々としていました。実は今も、そういう生活をしています。他人の目には「ふらふらしている」と映っているだろうな。しかしながら、これまで既成のコースに乗って進んできただけで、何ひとつ、自分自身の頭で考え、自分の足で歩き、自分の手で生き方を選択したことのなかった僕には、これは必要な行為であり、必要な経験だと思っています。

三通目の手紙にあなたが書いていた通り、僕もあなたと同じ経験をしました。おそろしいほど、僕らは似たようなことをしていたんだね。

一ヶ月あまり、僕がいっしょに暮らしていた人は、兄の奥さんだった人でした。僕とあなたとの違いは、あなたは好きになっただけかもしれないが、僕らはその先まで行ってしまったということです。これは、僕と彼女の両方の意思でやったことだし、後悔はしていません。と、書きながらも「まったくしていないのか」と問われたら、百パーセントそうだと言い切れる自信はないんだけれど。

兄夫婦は離婚し、離婚が成立した直後に、彼女は僕のもとから去っていきました。彼女にとって、僕という男は、兄と別れるために、どうしても必要な駒《こま》だったのでしょう。最初からうすうすわかっていたことですが、それでも僕は、彼女を拒否することができなかったし、受け止めることしか、できなかった。情けない男です。ただ「ずっと好きだった」「あこがれの人だった」という淡《あわ》い思いでしたが、そこに男女の欲望がからみついたときには、あんなにも凄まじいパワーに変わるんですね。

僕はたぶんもう一生、恋愛はしないだろうと思う。彼女とつきあって別れたあと、僕は心底、細胞のすみずみまで空っぽになり、あとには雑草一本、生えていない空き地が残っています。

あなたは笑いますか？

笑ってくれていいですよ。自業自得だよって思って下さい。

美亜子さんとつきあっていた頃がなつかしいです。ふたりとも、子どもでしたね。誰にでも、子どもの時代はあるものです。無邪気な、天真爛漫《てんしんらんまん》な、他愛ない時代でした。あなたから手紙をもらったり、連絡をもらったりするだけで、うれしくて、舞い上がってしまい、連絡がないと不安で、落ち込んでしまい、文字通り、一喜一憂していました。恋という言葉も、愛という言葉も、くすぐったくて、僕にはまったく似合わないとわかっているのに、それでもうれしかったんだな。あなたから「好き」と言われると。美亜子さんがくれる手紙が好きだった。手紙を読んでいると幸せで、読んでいるだけで幸せで、ああ恋愛っていいなと、心から思っていました。

ああ、僕はいったい何が言いたいんだろう。自分でも自分の考えていることが、わからない。ただひとつ、わかっていることは、僕が馬鹿な男だということだけです。愚かな卑怯な男だということです。救いようもなければ、救われようもない。

黄色いレポート用紙にぎっしりと並んだあなたの文字を見つめていると、涙があふれ出してきて、止まらなくなってしまって、どうすることもできないでいます。過去も、これからも、決して許してはもらえないとわかっていますが、それでも返事を書かないではいられなかった。未練だろうか。執着だろうか。なんなんだろう。これでもかこれでもかと人を傷つけておきながら、よくその人に宛てて、手紙なんて書けるなと思う。

美亜子さんが今、とにかく元気で、幸せで、笑顔でいることを祈るばかりです。

こんなことを僕が書くのは、やはりまったく許されないことだと重々わかっているけれど、あなたが誰かといっしょに、幸せな毎日を送っていてくれたらいいのになと思います。

僕はこれからふたたび、草津をあとにして北上し、北海道へと渡ります。雪の季節が来るまで、農場か牧場で働きながら、これからどうやって生きていくかについて、考えようと思います。くり返しになりますが、美亜子さんが幸せでありますように。

世界一、幸せでありますように。

返事は不要です。読み終えたらすぐに、破って捨てて下さい。そうしてくれた方が、僕にはありがたい。

あなたの「最後のお願い」まで、無残に踏みにじるような結果になってしまったこと、どんなに謝っても、謝り足りません。許してくれなくていいです。

この手紙を読んでくれて、ありがとう。

一九九五年九月十一日

浜崎佑司

3

大好きな佑司へ

冒頭は、この言葉しかないと思っています。

そう、私の大好きな宇宙人、こと、佑司へ、です。

ね、佑司、私のことを「美亜子さん」だなんて、書かないで、お願いだから。「あなた」もいや！「あなた」だなんて、なんだか私じゃないみたい。くすぐったくて、むずむずする。佑司らしくない。今まで通り「美亜子」でいいから。別れてしまったからって、呼び方まで変える必要、ないと思うよ。

前置きはここまでにして、さてさて！まずは安心してね。佑司からのお手紙は転送されて、今、私が住んでいるアパートまで、ちゃーんと届きましたよ。日本の郵便制度と郵便局と郵便配達の人に深く感謝しています。

まずは、近況報告から。

佑司のご想像の通り、私は今年の春、無事、大学を（優秀な成績かどうかは秘密ですが）卒業しまして、その後、系列の女子短大で、なんと、英語の教師になりました。一年契約の非常勤ではありますが、りっぱな（自分ではそのつもり）社会人です。一生懸命がんばっています。奮闘している、と、書くべき？

ついこのあいだまで生徒だった私が、今は、可愛くてキュートな女子大生から「先生」って呼ばれてます。うしろから「センセー」って声をかけられても、自分のことじゃないよねって思って、とっさに返事ができなかったり……してます。でも、新米教師業、すごく楽しいです。驚きと発見の毎日。探検と冒険の日々。

英語を教えるだけじゃなくて、ときどき、いえ、しょっちゅう、恋愛相談にのっています。みんな、すごく可愛いの。悩まなくてもいいようなことで、悩んでる。これって、かつての誰かさんと誰かさんにそっくり？　他人の恋の悩みは、どうしてこんなにも可愛くて、他愛なくて、ほほえましいのでしょうね。自分のことになると、あんなにも深刻で、湿っぽくて、いじいじしてたのに。

佑司とのあいだに起こった出来事は、いいことも、そうでなかったことも、佑司もおんなじこと書いてたけど、私にとっても「必要な経験」だったように、今は思っています。思えるようになりました。そう、私が子どもから大人になるために、必要な階段だったのではないかなって。

正直なところ、佑司のこのお手紙を手にするまでは、ときどき急に、何かの発作みたいに胸が苦しくなって、心臓がぎゅんと縮《ちぢ》まったみたいになって、その場に立ち止まって動けなくなり、どうしようどうしようって、軽いパニック症候群みたいになってしまうこともあったの。佑司との別れを、頭ではわかっていても、体が拒絶してるみたいな感じなのね。頭＝もう終わったんだ、私たち。体＝そんなのいやだ、終わってない。自分がまっぷたつに分裂してしまって、苦しかった。こんな苦しいこと、二度と味わいたくない。だからもう絶対に、誰かを好きになったりしないって、思ってた。それは「怒り」にも「錨《いかり》」にも似た、激しくて重い感情だった。だからますます苦しくなるんだね。そんなものを心に抱え込んでいるから。

でもね、佑司、時間というのは、ものすごい力を持っています。それから、仕事。

仕事と時間。失恋につける薬は、これしかないのじゃないかと、この頃の私はつくづく思っています。仕事をすることで、人は強くなれるね。強くて、優しい人間になれる。ボランティアをしていた佑司も、そうだったんじゃないかな。仕事をしていれば、時間は有意義に過ぎていく。仕事をしている時間は、心が澄み切っている。佑司の言葉を借りれば、仕事に没頭しているときだけは、動物みたいに、現在を無心で生きることができているのかもしれないね。仕事の魅力は、自分が好きでやっている行動や行為が、ほかの人からも求められている行動や行為である、ということに尽きると思うのね。生意気かな？

そんなこんなで、失恋して泣いている生徒たちへのアドバイスは「何か別のことに、夢中になりなさい」。女子大生だから、仕事といってもアルバイトってことになるんだけど、アルバイトでもいいし、買い物でもいいし、趣味でもいいし、旅行でもいい。なんでもいいから、楽しいこと、好きなこと、人の役に立つこと、時間を忘れて夢中になれることを夢中でしていれば、悲しみなんて、みるみるうちに蒸発しちゃうよ。私がそうだったから保証するよって、彼女たちに言える私に、最近ではやっと、なっています。

だから、佑司、お願いです。

もうそろそろ、自分のことを許してあげて下さい。

私は、世界一かどうかはわからないけれど、今、幸せです。元気で幸せで笑顔で生きています。佑司にもそうであって欲しい、と、私も心から願っているの。

私には今、つきあっている人がいます。

その人には、なんでも話せるし、隠し事もありません。心の裏側にひそんでいることも、その人になら、心をぺろっとめくって見せて、話すことができます。もちろん佑司のことも話したし、香坂さんのことも話したし、裸ん坊になって、包み隠さず、いろんなことを話しています。

これは、佑司とのつきあいから、学んだこと。佑司との別れから、私が得たこと。好きな人には、ありとあらゆる自分の顔を見せないといけない。佑司には、少しでもよく思われたくて、自分のいやな面をすっぽりと覆《おお》い隠していた。好きな気持ちさえあれば大丈夫だって、高をくってた。でも、好きな気持ちだけでは、人と人はうまくつきあっていけない。必要なのは、努力。しかも、ふたりとも、同じくらい、努力すること。なぁんて、ずいぶん偉そうなこと、書いてるね。こんなことが努力と言えるのかどうか、わからないけれど、今はとにかく、なんでもかんでもおしゃべりするようにしています。彼とはほとんど毎日のように会っているのに、どうしてこんなにしゃべることがあるんだろうってくらい、いろんなことを話しています。

さて、佑司はこれですっかり、安心してくれましたね。

だから佑司も、私とのあいだにあったことは、思い出にしてしまって。願わくば、いい思い出に。そして、好きな場所で、思う存分、働いて、自分で選んだ生き方に自信を持って、進んでいってね。佑司は、ふらふらしてる、なんて、私は思わないよ。

北海道はすでに、寒くなっているのでしょうか？ 北海道とニューヨーク州は同じくらいの緯度にあるから、十月の半ばというと、日中は穏やかな秋の陽射しがさんさんと降り注いでいても、夕方になると、がくっと冷え込んで、夜には暖房が欲しくなる、そんな時季なのではないかな。東京はまだあたたかいです。あたたかな晩秋です。窓の外ではコスモスが風に揺れながら咲いています。その横には、白い菊の花。その菊の花の上に、ときどき、京都の舞妓さんが髪に付けているような、かんざしみたいな木の実がこぼれ落ちてくるの。木の名前はわからないけど、佑司ならきっと、あの実を見たら、木の名前がすぐにわかるんだろうな。

どうしてもお返事を送りたくて、ずっと前に教えてもらってた群馬のご両親のおうちに電話をかけて、札幌《さっぽろ》のアドレスを教えてもらいました。もしも、今はまた違ったところに移っていても、優秀な日本の郵便屋さんが佑司のもとに運んでくれますように。

最後になりましたが、お父様が亡くなったとのこと、悲しい思いをしましたね。こんなとき、どんな言葉で慰《なぐさ》めたらいいのかな。佑司のお父様に会えなかったことが残念です、なんて書いたら、失礼なのかな。でも、お手紙を読んだとき、そう思いました。会えたらよかったなって、心の底から。

佑司とは別れてしまったけれど、佑司を好きだった頃の私は今もまだ、私の胸のなかで、生き生きと生きています。私を好きでいてくれた頃の佑司のことも、大切にしたいと思っています。こんなふうに思えるようになったのは、今つきあっている彼のおかげかもしれませんね。って、最後はのろけてしまったけれど、佑司を安心させたくて。

楓ママのおうちで、見つけた古い本（田辺聖子《たなべせいこ》のエッセイ集『死なないで』というタイトル）を読んでいるとき、こんな一文を発見しました。グリーンのマーカーで、線が引っ張ってあったの。小夜子さんが引いたのかな。素敵な言葉だなって、素直に思ったので、ここに書き写してみるね。

「幸福とは、私の考えによれば、とてもいいものを心に持っている人が、自分を愛してくれ、自分も相手のよさを愛していることを、その人も喜んでくれている、そういう状態をさすのだと思う。」

この言葉を、佑司に贈りたいと思います。

少しは大人になったのかもしれない

美亜子より

追伸　夢ちゃんと虹くんも、元気です！

ふたりとも、私といっしょに引っ越してきたから、安心してね。

4

美亜子様

今、釧路《くしろ》に来ています。釧路川のほとりに建っている民宿の一室で、この絵はがきをしたためています。手紙、札幌のアパートで、確かに受け取りました。ありがとう。一回目に読んだときには、途中から、うれし涙で文面が曇ってしまって、最後まで読むのに非常に苦労しました。美亜子さん（と、書かせて下さい）から手紙をもらうことなど、今後いっさいないだろうと思っていたので、うれしいというよりは、いいのかな、という思いでいっぱいだった。いいのかな、こんなことがあって、いいのかな、という思い。ありがとう。それでもまだ、僕は自分を許すことなどできません。手紙をもらったからといって、はいそうですか、わかりましたっていうわけには、いかない。ただ僕も、美亜子さんのアドバイスを参考にして、〈仕事と時間〉でなんとかこのことを乗り越えたいと思った。だから、何度も書くけど、ありがとう。乗り越えられるかどうかはわからないけど、倒れないで、前進していきたいと思っています。また書きます。美亜子さんが幸せでよかった。新しい恋をして、なんでも話せる人に巡《めぐ》り会えて、本当によかった。美亜子さんの持っているとてもいいものを、理解し愛してくれる人といっしょに、どうか幸せでいて下さい。十一月の終わり頃には札幌にもどります。もどったらまた手紙を書きます。書いてもいいだろうか？　浜崎より

5

浜崎佑司様

ポストカード、ありがとう。

丹頂鶴《たんちょうづる》のカップル、佑司も見たの？

釧路湿原、いつか、行ってみたいです。あこがれます。ノロッコ号という名の、貨物列車を改造した観光列車に、私もいつか乗ってみたい。のろのろ走るトロッコだから、ノロッコ号。なんてチャーミングなネーミングなんだろう。

話が前後しちゃったけれど、お葉書のすぐあとにいただいたお手紙も、ありがとう。まるで、私も佑司といっしょに、釧路湿原を旅しているような気持ちになって、どきどきしながら読みましたよ。どんな動物や鳥や植物が、次は飛び出してくるのかなって。とりかぶと。猛毒を持っているのに、澄み切ったブルーのお花に、なぜか心を惹かれました。どんな青なのか、見てみたいなと思いました。

「美亜子さん」は、相変わらず、くすぐったくていやだけど、佑司のお手紙は、分厚さも、手書きの文字も、文字のかすれもゆがみも、行間に漂う優しさも、あの頃とちっとも変わらなくて、私はなんだか、不思議な錯覚《さっかく》を抱いてしまいました。

私たちは本当に別れたのだろうか？　という錯覚です。

もしかしたら、私たちは別れてなどいなくて、実際には、どこか別の次元で、まだ前みたいに仲良くつきあっているのではないか、と。SF小説みたいなこと、思っていたの。それでね、異次元ではずっと仲良くつきあっていて、その世界から、佑司の手紙がこっちの世界にすぅっと、紛れ込んできたんじゃないかなって。つまり私は、世界の裂け目をくぐり抜けて届いた佑司からの手紙を読んで、この返事を書いているのかなって。これで、私の言いたいことの意味、通じてる？　ありえない話だけど、佑司は宇宙人なんだと思えば、ありえない話じゃないね？


あっというまに十二月になりました。

手紙、書きかけたままにしてました。

釧路から、そろそろ札幌にもどった頃でしょうか。東京もすっかり寒くなりました。厚手のコートを着て、ブーツをはいて、手袋をはめて、マフラーをぐるぐる巻いて、なんと自転車で、職場に通っています。最近、自転車に夢中になっているの。もともと東京の電車が苦手だったので、これは趣味と実益を兼ねて。運動にもなるし、ダイエット効果もある！　そういえば、佑司もその昔、自転車で研究室に通っていたよね。小さな夢ちゃんをしっかりと結び付けて。

あいかわらず元気で、幸せで、仕事ももちろん、もりもりがんばっています。彼とも一応、うまくいってます。ときどきけんかもするけど、おおむね、うまく。

ＰＨＳは、私はまだ持ってません。でも、大学ではちょっとしたブームになっているようです。学生たちのなかにも、持ってる子はけっこういます。ＰＨＳで佑司と電話友だちになる？　うーん、ちょっと考えさせて。


ここまで書いて、また少し、時間が経ってしまいました。

来週は、クリスマスです。そのあとには、お正月。佑司はどこで、誰と、クリスマスとお正月を過ごすのでしょうか。北海道で、まっ白な雪に包まれて？　それとも、佑司曰く「渡り鳥みたいに」あたたかい場所にもどってくるの？　手紙によると「がりがりにやせてる」って書いてあったけど、ちゃんと食べてる？　心配。やせてる佑司なんて、私には想像もつかない。お弁当、ちゃんと三つ食べなきゃ、ね。

（ここでまた中断してしまった。ごめんね！）

このところ、仕事が忙しくて、ゆっくりとお返事を書く時間がありませんでした。書きかけの手紙を開いては、ため息ばかりついていました。

いいえ、もっと正直に書きますね。

佑司にお手紙を書く気分には到底、なれなかったのです。公私ともに忙しかった。いやなこと、悲しいこと、面倒なこと、苦しいことなんかが、次々に起こって、重なり合い、もつれ合って、許容量を超えてました。あっぷあっぷしてたんです。

その具体的な内容については、ここには書きたくもないし、そんなこと、佑司に対しては書けないよ。書けば、単なる愚痴《ぐち》になってしまうもの。

佑司とは別れてしまったんだから、私はこれ以上、佑司を頼ったり、心の支えにしたりしてはいけない。クリスマスとお正月が一年中で一番つらい、だなんて、そんなこと佑司に書いたって、どうにもならない。書けば、佑司は私を慰めてくれるでしょう？　また優しい言葉をいっぱい書いて、励ましてくれるのかもしれない（たぶん、義務感から）。でも、それじゃあ、前とおんなじ。前と同じことが、また起こってしまう。佑司のお兄さんの奥さんが佑司にしたことを、今度は私がしてしまうかもしれない。

そんな恐ろしいこと、佑司は絶対にいやでしょ？

そうでしょ？　佑司。そうだよね？

私たちは過去に、大きな間違いを犯してしまいました。同じような間違いを、私たちはくり返してはいけないのです。そんなことをすれば、どうしてあんなに悲しんで、どうしてこんなに一生懸命、立ち直ろうと努力してきたのか、すべてが無駄で、無意味で、意味のかけらもない、空《むな》しいことになってしまう。私たちは、過去から、しっかりと学ばないといけない。それが成長ってことでしょう？　佑司もそう書いていたね。「人間のいいところは、心を育て、成長させることができるということなんじゃないか」って。

だからね、佑司。きょうは、私からのお願いをひとつ、書かせて下さい。

これが、正真正銘の最後のお願いになると思う。

これを書かないと、私はこれから先、一歩も前に進んでいけません。

だから、お願いです。佑司、私に手紙を書かないで。もう二度と、私に手紙を送ってこないで。手紙だけじゃない。葉書も。どんな言葉も。私は欲しくない。佑司とは友だちでいたくない。友だちにはなれないし、なりたくない。それと、PHSなんて、私は大嫌いだし、持ちたくもないです！　そんなもので、誰かとつながっていたくない。私には、PHSで伝えられる思いなんて、ない。

あるとしたら――

これっきりにして。これで終わりにして。
お願いだから。

美亜子さんにはなれないし、なりたくない、美亜子より

夢と虹の架け橋

1

小さな夢ちゃん

きみは僕のことを、覚えているだろうか？

ちらっとでもいいので、覚えてくれていたら、うれしいよ。けど、きれいさっぱり忘れてくれててもかまわない。

僕ときみは岡山で出会って、短いあいだだったけど、いっしょに暮らしていたこともあるんだよ。まあ、暮らしていたというのは、ちょっとオーバーかもしれないけどさ、大学とか、買い物とか、映画館とか本屋さんとかCDショップとか、表町《おもてちょう》商店街、後楽園《こうらくえん》、旭《あさひ》川《がわ》の土手、吉備津彦《きびつひこ》神社から吉備路を走り抜けて吉備津神社へ（最高のサイクリングコースだった！）、僕がどこかへ出かけるときにはいつも、きみといっしょだったってこと。だってきみは、僕の自転車の鍵にくっついていたんだからね。くっついて、揺れてた。まるでスキップしているみたいに。

僕たちが出会ったのは、勝山の川沿いに古くからある店が軒を連ねている商店街。その一角にあった、手づくりの土産物屋さん。そこで僕は、七色の体をした、でっかいお兄さん象の虹くんと、虹くんの鼻にちょこんとぶら下がっていたきみを見つけたのでした。

そして僕は、当時つきあっていた人に虹くんをプレゼントし、きみを僕のもとに置いておいた。虹くん、夢ちゃん、と、きみたちに名前を付けたのは、その人と僕でした。

ここまで読んで、「あっ」と思い出してくれたかな?

そうです。お久しぶりです。浜崎です。

あれから、もう、何年になるのかな。勝山で出会ったのは、僕が岡山に引っ越した年の夏だったから、一九九三年か。その一年後に、僕はきみと別れて、大学院を中退し、あの人とも別れてしまい、あっちへふらふら、こっちでうろうろ、まったくもって落ち着きのない生活を送っていました。そうせざるを得なかったのです。徹底的に自分を破壊して、粉々にして、叶うことなら、ゼロからやり直したい、そうしなくちゃいけない、そんな、切羽詰まった、自虐《じぎゃく》的な気持ちに駆られていました。でもね、ほんとはね、人間は自分を白紙にもどすことなんてできないんだね。人は過去を、過去の何もかもを全身で引き受けて、全霊で背負って、生きていくしかない。そのことに僕が気づくのは、放浪生活の最後の方でした。

きみはきっと、虹くんとあの人のもとにもどって、楽しく幸せに穏やかに暮らしていたことと思います。僕みたいなろくでなしじゃなくて、チャーミングで心優しい、あの人の自転車か部屋の鍵にくっついて。今も、そうであることを願っています。

きみを、虹くんとあの人のもとに送り届けてから、二年半。今年の夏が来れば、ちょうど三年が過ぎることになります。ということは、きみたちと別れてから、三年か。

この三年、日本でも、世界でも、いろんな出来事が起こりました。文字通り、日本を激しく揺るがした阪神《はんしん》・淡路《あわじ》大震災と地下鉄サリン事件。その翌年に発生した、O157集団食中毒。アメリカではクリントン大統領の再選。年末には、ペルーの日本大使公邸がゲリラに襲撃され、人質として数百人が監禁された。同じ頃、敦賀《つるが》原発2号機で冷却水の水漏れ事故が発生している。ペルーの人質の方はその後、少しずつ解放されていったけど、八十一人は監禁されたまま年を越すことになった。薬害エイズ問題ではついに逮捕者が出て、オウム真理教関係の裁判も進んでいっている。そんななかで、去年の九月末には、震災で倒壊した高速道路が全面復旧しました。これは、僕がアメリカに来て、ちょうど一ヶ月が過ぎた頃の快挙でした。僕はこのニュースに、日本の底力を見たような気持ちになったものでした。

話が前後してしまったけれど、夢ちゃん、僕はね、去年の八月から、ここ、ニューヨーク州のイサカという町で、大学院生活を送っています。

イサカはね、マンハッタンから長距離高速バスに揺られること七時間あまり、北西に走ったところにあります。七時間だよ、七時間。高速、じゃなくて、これは拘束バスだね。飛行機も飛んでるんだけど、貧乏学生の僕には飛行機代は高すぎて、バスしかないのです。ダスティン・ホフマンとジョン・ヴォイトが登場する映画『真夜中のカーボーイ』に出てくるようなバスです。

大学のほかには、何もない村です。いや、何もないというのは、正しくない。むしろ、なんでもある、というべきだな。なぜなら、大学をちょっと離れると、そこには湖があり、滝があり、野原があり、草原があり、田畑、牧場、農場、果樹園、とうもろこし畑、ワイナリーがあり、北海道で見た「まっすぐな道」の、何十倍もの長さのまっすぐな道が延々とつづいているのです。地平線の彼方まで、大空のたもとまで。

渡米してから、あっというまに七ヶ月が過ぎました。岡山の大学院は中退してしまったけれど、日本の大学と大学院で取得した単位の大部分が認められ、「三ヶ月間、集中的な英語特訓を受けること」という条件付きで、コーネル大学大学院の農学部の修士課程への入学が許可されたのです。「アグリカルチャー研究学部」に属しています。ひとことで言えば、農業と環境問題の切っても切れない関係、それをどう結んでいくのか、どう築いていくのか、というのが僕の研究テーマです。猛烈な勢いで、勉強しています。黄色いレポート用紙が、何冊あっても足りないくらい。今までふらふらしていた遅れ（人生の遅れとも言える）を取りもどすべく、修士号取得、可能なら博士課程へ、という目標に向かって、邁進《まいしん》する日々です。

夢ちゃん、きみのそばには今も、あの人がいますか？

いるのだったら、伝えて欲しい。僕は元気です。あなたのおかげで、立ち直ることができたよ。だから「ありがとう」という言葉を、僕はあの人に送りたいんだ。

あの人は、ほかでもないこの僕に裏切られ、ひどい目に遭わされていたというのに、僕を励ますような手紙をくれました。黄色いレポート用紙にびっしり綴られていた手紙には「仕事をすることで、人は強くなれる。強くて、優しい人間になれる」と書かれていた。最初に読んだときには「なるほどなぁ」と思いはしたものの、その言葉の本当の意味は、わかっていなかったと思う。だけど今は、わかるんだ。ほんの少しだけ、だけど、やっとわかった、と書くべきか。

ここでの勉強は、非常に厳しい。努力を怠《おこた》ると、あっというまに取り残されてしまう。みんな非常によく勉強している。朝から晩まで、まさに寸暇《すんか》を惜しんでという感じです。アメリカで生まれ育って、アメリカで教育を受けたあの人が、言っていたことがありました。「日本の大学は遊びに行くところだけど、アメリカの大学は仕事をしに行くところ。

勉強するのが、仕事みたいなものなの。その仕事に休みはないの」――このことを日々、実感しています。痛感しています。もちろん、いい意味で。

僕はここで、毎日、朝から真夜中まで必死で「勉強という名の仕事」をすることによって、本来の自分を少しずつ、取りもどせていっているような気がしています。強くて優しい男に、なれているかどうかはまだわからないけれど、強い精神と優しい心を持った人間になりたい、そんな願望だけは人一倍、強いのです。そのために、自分を耕《たがや》したい。さらに、もっと。

ところで、夢ちゃん、コーネル大学の学生たちが非常に勉強熱心なことの、もうひとつの理由を教えましょうか。

それはね、冬が厳しいこと。信じられないくらい、厳しいこと。冬の寒さを苦にして、毎年、自殺してしまう学生がいるほどなんだ。僕はかつて、北海道をうろついていたことがあるけど、イサカの冬は北海道よりも何十倍も、厳しいと感じられました。去年の十一月から今年の二月まで、つまり、つい先月まで、道路も庭も森も林もぶあつい雪におおわれていました。軒先からは氷柱《つらら》が、やり投げの槍《やり》やフェンシングの剣みたいにぶら下がり、湖や池はもちろんのこと、川も滝もばりばりに凍りついてしまって、空気も風も陽射しさえも、まるで「死後の世界」を思わせるような冷たさ。外を歩くときには、頭の先から足の裏まで完全武装しておかないと、凍死してしまいそう。だって、息をするだけで、鼻のなかがシャーベット状態になってしまうんだよ。立てたコートの襟《えり》もとには、吐いた息が氷の粒になってこびりつくほど。

冷酷無比。まさにそんな寒さだから、冬は、あたたかい家のなかに閉じこもって、勉強するしかないってわけです。しかも、冬が長い。やたらと長い。終わらないんじゃないかと思えるほど。当然のことながら、勉強するしかない時間も長くなる。いつもいっしょにいる友だちは、黄色いレポート用紙（あの人からもらった手紙を思い出すなぁ）。

今もまだ、窓の外には雪が積もっています。カレンダーは三月。春はまだまだ遠い気がするよ。だけど、枯れ枝のあいだを通り抜けて、雪原に点々と落ちている陽の光のなかには、どことなく、冬とは違う柔らかさが感じられます。ああ、春がこんなに待ち遠しいものだったとは。

とりとめもないことをウダウダと書いてしまいました。浜崎のぼやきです。適当に読み流しておいて下さい。

そろそろ出かける時間になりました。一階から、ルームメイトのジェシカが僕を呼んでます。

「アー・ユー・レディ？」

これから、彼女の運転する車に乗っけてもらって、スーパーマーケットへ買い物に出かけます。買い物というよりも、買い出しというべきか。

夢ちゃん、また書くよ。元気でね。あの人によろしくね。

日本に住んでいた頃、僕よりも何十倍も、何百倍も一生懸命、勉強していたあの人を思い出しながら。彼女が元気で幸せで笑顔でいますように。

3／17／1997

2

でっかい虹くんへ
およそ一ヶ月の船旅、お疲れさまでした。
きのう、ママからかかってきた電話で、虹くんの「無事アメリカ到着」を知らせてもらいました。せまくるしい段ボール箱のなかで、よくがまんしてくれました。いい子だったね。
ママの話によると、虹くんは今、ママと香坂さんが始めたアンティークショップ「パスト&パッション」のレジのカウンターの上に陣取って、「いらっしゃいませ」とお客様をお迎えし、「ありがとうございました」とお見送りしているそうですね。ときどき、ユンとレネにも遊んでもらっているのね。いっしょにお昼寝もしているのでしょう。お友だちができて、よかったね。

夢ちゃんは、私といっしょに京都に引っ越してきました。新しいお部屋の鍵のボディガードをつとめてくれています。だから、安心してね。

本当は、虹くんもいっしょに京都へ連れてきてあげたかったんだけれど、ごめんね、最後の最後まで迷っていたんだけど、やっぱりどうしてもそうできなくて。これは、虹くんのせいじゃないの。あくまでも、私のせい。虹くんがいっしょだと、なんだかまた甘えてしまいそうで、自分で自分がこわかったの。私、弱虫だからね。つい虹くんに甘えてしまって、またつい、あの人に連絡……なんて、してはいけないことを、してしまうかもしれない自分がいやだったの。

でも、誤解しないで。過去を切り捨てるとか、忘れ去るとか、そういうつもりで、虹くんをアメリカに送ったわけじゃないよ。気持ちは、その逆。まったく逆。私は過去を大切にするために、虹くんをママのところで預かってもらうことにしたの。あの人からもらった贈り物や思い出の物たちといっしょに、ね。それにしても「パスト&パッション」って、なんて素敵な店名なんだろう。「過去と情熱」「過ぎ去りし日の恋」——まるで私のためにあるようなお店? うふふ、ママには、内緒にしておいてね。

そんなわけで、虹くんとは、海を隔《へだ》てて遠く離れてしまったけれど、その代わりに、ときどきこうして手紙を書くからね。

さてさて、私はとっても元気です。京都への引っ越しも、すっかり完了しました。来月から、いよいよ新学期。先週、新しい職場となる私立女子大付属中学校まで出向いていって、校長先生、教頭先生、先輩の先生たち、これからお世話になる人たちとのごあいさつやミーティングや各種打ち合わせなども、つつがなく、すませてきました。時間割や、担任することになるクラスの生徒の名簿もいただいてきたよ。新学期が始まる前に、名前は全部、覚えておくつもり。私の胸は今、やる気と希望と「未来と情熱」で、はち切れそうです。教師の仕事、大好き。大好きな町、京都で、大好きな仕事。しかも、これからは、担任のクラスを持てる!

おととしから去年にかけて、猛烈にがんばって、中学校の教員免許を取得しておいて、本当によかった。こんなチャンスが巡ってくるなんて、私は仕事の神様には見放されていないね。恋の神様には、一度ならず何度も、見事なまでに見放されちゃったけど。

私が借りているアパートは、出町柳《でまちやなぎ》というところにあります。「出町」の由来は、大家さんが教えてくれました(教えてくれはった、と、書くのが正解かな)。出町の意味は、文字通り「町を出る」。つまり、その昔、京の都は「出町柳」を境にして、そこまでが都で、そこから先は都の外だったというわけです。私はその境目に住んでます。賀茂《かも》川と高《たか》野《の》川が出合って、一本の川——鴨川です——になるところ。近くには、下鴨《しもがも》神社、相国寺《しょうこく》や京都御所《ごしょ》などがあって、ちょっと北へ足をのばせば、植物園や上賀茂《かみがも》神社があります。そのあたりの桜並木は、ピンクのしだれ桜が中心で、大家さんによれば、しだれ桜というのが「京の桜」なのだそうです。来月の開花が待ち遠しいです。

虹くんもよくご存じの通り、京都は私にとって、とても大切な町です。あの人とのデートで、この町を初めて訪れました。私の二十歳のバースデイに。いっぱい歩いて、お寺や公園を訪ねて、歩いて訪ねて、訪ねて歩いて、いつのまにか手をつないで歩いて、それから「ホンキートンク」という名前のピザ屋さんで、赤ワインをいっぱい飲んで、また寄り添って歩いて。寄り添ってはいるんだけど、なぜか、心と心のあいだには、すきまが五センチくらい空いていて。私は、そんな可愛いデートのさなかに、父からもらった象のペンダントを落っことしてしまって、それであの人は私に、岡山で見つけたという虹くんをプレゼントしてくれたのです。

なつかしい思い出です。まだ熟《う》れていない、苺《いちご》みたいな恋だった。不器用でまっすぐで、思いは純粋だったけど、その純粋さをふたりして持てあましているような。今、あの頃の純粋さは美しい結晶となって、京都の町に散らばっているような気がします。

「もう連絡してこないで」って、最後は私が強引にふりきってしまった……。あれでよかったんだろうか。本当によかったんだろうか。わからないけれど、あのときにはああするしかなかった。

どうしているかなぁ、あの人。元気かなぁ。元気で、ごはんをいっぱい食べているだろうか？　お弁当はいつも三個だった。定食屋さんのごはんは大盛りで、食べ放題のピザは、いつもふたりでラージ二枚をぺろりと平らげて、追加の一枚は無料になった。回転寿司が大得意。胃袋がたくさんあって、優しくて、強い人だった。私の目にはそう映っていた。でもきっと、その「優しさ」が、私たちを破局へと向かわせたのかもしれない。私の甘えのせいで。

今、どこに住んでいるのだろう。それともまだ、どこにも住まないで、日本全国を放浪している？　ねえ、虹くん、知ってる？　知っていたら、教えて。

出会ってから、五年。別れてから、三年。

虹くんだから、正直に告白すると、この三年のあいだに、私は何人かの人とつきあいました。ばたばたとつきあって、ばたばたと別れました。誰とつきあっても、あんまり、じゃなくて全然、うまくいかなかった。好きだったけれど、恋じゃなかったって気がする。

ううん、恋は恋だったけど、愛にまで発展しなかった。というわけで、今、私には、つきあっている人はいません。ひとりです。ひとりぼっちじゃないけど、ひとりです。でもね、「つきあって欲しい」と、熱心に言ってくれてる人は、実は、います……。

胸を張って「います！」って言えないのが、つらいんだけど。

実は虹くんは、その人に、会ったことがあるの。一度だけだけど、東京で暮らしていたアパートのあの部屋で。二年前の秋です。

思い出した？　そう、あの、十五歳年上の彼です。別れようと思いながらも、別れられなくて、ずるずるつきあっていて、去年の夏、一度はきっぱり別れてしまったんだけど、年の暮れに、私が「京都に引っ越します」と伝えたことをきっかけに、また連絡を取り合うようになった人。私、彼のことがものすごく好きだった。ほとんどのめり込んでた。今までしてきたのは全部、恋愛じゃなかったのかと思えるほど。その人には、奥さんがいた。今もいる。だから、やっぱりどうしても、全然、だめだった。クリスマスとお正月に、いっしょに過ごせない人とは、うまくやっていけないと思った。今も思ってる。罪悪感を情熱で、塗りつぶしているような恋。不倫なんて、私には無理。どんなに好きになっても、私には、つづけていけないと思った。育てていけないと思った。今もそう思ってる。だけど、彼はそれでも「つきあいたい」と言っているの。会いたいって。東京から京都まで俺が会いに行くから、会おうよって、言ってる。私に会いたいから来るのじゃなくて、ほんとは仕事があるからだと思う。私はどう返事をしたらいいのか、まだ決められないでいる。以上、告白終わり。

突然、灰色の告白をしてしまって、ごめんね。誰かに聞いてもらいたかったの。その「誰か」は、虹くんしかいないと思ったの。

ここからはふたたび、京都の話にもどりますね。

京都の魅力は、人それぞれ、百人にたずねたら百通りの答えが返ってくると思うけど、住んでみて初めて、わかることとって、あるよね。いいえ、住んでみなくては、わからないことっていうのかな。私も、住み始めてまだ一ヶ月足らずだけれど、日々、その魅力に取り込まれていってます。そう、京都は人を取り込むのね。取り込んでしまって、そこから出られなくさせてしまうの。

奥が深いのね。情が濃いというか、味が濃いというのか。それなのに、ひんやりとして、排他的で、クールなところが、私は気に入っています。この魅力を言葉でうまく説明するのは難しいんだけど、このあいだ、大家さんと話していたら、彼女がこんなことを言ってました。なごり雪が降って、はっとするほど美しい、雪化粧の朝でした。

「京都の粉雪って、きれいですね」（私）

「そやなぁ。雪が、京の汚いところをすっぽりと覆い隠してくれてるんやねぇ」（大家さん）

これだけじゃ、わかんないかもしれないけど、雪が「京の汚いところを隠す」という発想が、私には京都的だと思えてならなかったのでした。「汚いところ」って、さらっと言ってしまえるところも。東京人には、なかなか言えない台詞《せりふ》だと思った。大家さんは生粋《きっすい》の京都人です。京都人は、世界のどこよりも、誰よりも、京都が好きで、一生、京都から離れられないのだそうです。「誰よりも」ってところが、京都的でしょう？　つまり、京都の人にとっては「町」と「人」は同義語なんです。

だんだん眠くなってきました。今夜はこのあたりで、ペンをおきます。また書きます。今度はもっといいニュースを、虹くんにお届けできたらいいなぁ。

でっかい虹くんが、楽しくてでっかい夢（怪獣になった夢とか？）を見ていますように。

美亜子より

3

小さな夢ちゃん

毎度おなじみの浜崎です。長いあいだのごぶさたをお許し下さい。また書くね、と、書いておきながら、公私ともに忙しくて書けないまま、ふっと気がついたらもう五月。光陰矢のごとしとはこのことですね。

ついさっきまで、三月に我が輩が書いた手紙を読み返しておりました。まあ、なんと申しましょうか、好き勝手なことばかり、書いておりますなぁ。自分で書いておきながら、赤面してしまいましたぞ。とはいえ、本日はさらに、きみを赤面させるようなことを書いてしまうかもしれない。と、あらかじめ、予告しておくよ。覚悟はいいかな？

本題に入ります。

夢ちゃんに、聞いてもらいたい話がある。相談したいことがある。それは、ジェシカのことです。一通目の最後に出てきた、ルームメイトのジェシカから、僕は「つきあって欲しい」と言われています。しかも、これ、三度目なんです。三度目の正直、ならぬ、三度目のアタック。

ジェシカは、僕と同じコーネル大学の、ホテルスクールに在籍しています。年はふたつ上。生まれも育ちもテキサス州オースティン。西海岸の大学を出て、ロスにある映像制作関係の会社で数年ほど働いたあと、もともとの目標だったホテルウーマンを目指して、東海岸にやってきたのです。ホテルスクールというのは、学部じゃなくて、大学院に当たるコースで、彼女も僕と同様、あと一年ですべての課程を修了する予定です。

僕らは、イサカの、通称「カレッジタウン」のはずれにある一軒家（ですが、アパートなんです）の一階と二階で暮らしています。ジェシカは一階、僕の部屋は二階にあって、二階専用の階段と玄関も付いているんだけど、キッチンだけは共同。だから、好むと好まざるとにかかわらず、僕たちはしょっちゅう顔を合わせることになるんだね。

ジェシカはさっぱりした気性の持ち主で、最初っから、僕らは意気投合してました。というよりも、僕は彼女に大いに助けてもらっていた。彼女はとても親切で、英語の下手な僕を決して馬鹿にしたり、笑ったりしないで、僕の言い回しにおかしなところがあれば、ていねいに指摘し、正しい言い方を教えてくれた。発音の矯正《きょうせい》もしてくれたし、英語だけじゃなくて、アメリカの生活習慣なんかについても、手取り足取り教えてくれたんだ。もしも彼女がいなかったら、僕がアメリカに適応するまでには、もっと時間がかかったかもしれない。

最初のアタックは、イサカで迎えた最初の冬に。「好き」と言われて、「私の部屋でホットチョコレートを飲まない？」と誘われた。僕は、ホットチョコだけをいただいて、そのあとにつづいた誘いに対しては、「つきあうことはできない」と、はっきり意思表明をした。ジェシカの部屋のベッドのはしっこに並んで腰かけて、キスをする前に、ね。これは、大切なことだと思ったんだ。大切な問いかけには、きちんと、イエスかノーの答えを返すこと。答えを濁すのはいけない。期待を持たせるような答えなど、もってのほか。これってそもそも、ジェシカが教えてくれたことだったんだよ。

「どうして？　私のこと、嫌い？」

唇《くちびる》を離したあと、彼女はそう言った。

「嫌いじゃないよ、好きだよ」

でも、つきあえないし、キス以上のことはできないと、僕は言いたかったが、言えなかった。こういう局面で、すらすらと英語が出てくるはずもない。

僕は必死で答えた。しどろもどろの英語で、せいいっぱい踏ん張った。

「だったら、なぜ？」

「友だちとして、好きだから。尊敬してるから。それに僕には今は、誰かとつきあっている時間もなければ、精神的余裕もない。勉強だけに集中したいんだ」

「わかったわ」

こんな会話があった。これが一回目。そのあとも、僕らは仲良くしていた。こんなことがあったからと言って、気まずくなったりしないのも、なんだかアメリカっぽくていいなぁ、なんて、僕は思っていた。

二回目のアタックは、年が明けて二月、バレンタインデイの夜だった。アメリカでは、バレンタインデイには、女から男にチョコレートを贈る、とは決まっていなくて、どちらから、何を贈ってもいいんだね。ジェシカは僕に、ディナーをつくってくれた。バレンタインデイなんだから、いっしょに食事をしましょうよ、と言って。断る理由も見つからなくて、僕はごちそうになった。ベジタリアンの彼女の料理は、素晴らしかった。野菜のいっぱい入ったスープに、焼き立てのキッシュ（ほうれんそうと赤ピーマンときのこがいっぱい）。デザートは、手づくりのシュークリーム。十二個のうち、八個を僕が食べた。ふたたび彼女に誘われた。「私の部屋で、食後のブランデーを飲まない？」

断れそうになかった。僕の意志は極端に弱くなっていた。長い長いイサカの、つらいつらい冬。あたたかな誰かの肌にひと晩中、触れていたかった。だけど、自分に鞭《むち》を打って、彼女の誘いを断った。それは「できない」と、きっぱりと。

「どうしても、だめ？　そんなに私のこと、いやなの？」

「いやなもんか。いやなはず、ないよ」

ジェシカは魅力的な人だ。言い寄ってくる男は、あとを絶たない。それなのになぜ、僕みたいな男がいいのか、僕にはさっぱりわからない。

「だったら、なぜ？」

僕は彼女に話した。僕の過去を洗いざらい打ち明けた。僕は過去に、似たような過ちを犯したことがある。しかも、兄貴の奥さんと、だ。そのことによって、僕はあの人を、夢ちゃんもよく知っている大切な人を、失うことになった。僕の話に、彼女はある程度、納得してくれたようだった。あくまでも「ある程度」ということだけど。

そして三回目のアタックだ。おととい、彼女は僕にこう言ってきた。おとといか、その少し前に、彼女は誰かと別れたみたいだった。

「恋人として、つきあってくれなくてもいい。私たちが卒業して、この町を去っていくまでのあいだ『ジャスト・ア・フレンド』として、仲良くしましょうよ。それならいいでしょ。一年間だけのフレンドなら」

夢ちゃん、わかるかな？　彼女の言っているフレンドというのは、ただの友だちなんかじゃないんだよ。それはずばり、セックスフレンドってことなんだよ。

ジェシカは、僕の目をまっすぐに見つめて言った。

「ユージはもっと、人生をエンジョイしないといけない。自分を解放しないといけない。心も体も解放して、もっと自由になりなさい。今のあなたを見ているとね、自分で自分の羽を縛って、ばたばたもがいている鳥みたいに見える。セックスって素晴らしいものよ。自由な人と自由な人が、自由に結ばれるものよ。セックスは、人を縛るものではないの。それを私は、あなたに教えてあげたい、それだけよ」

夢ちゃん、僕はどうしたらいいだろう。

僕はジェシカのことが嫌いじゃない。好きだ。人としても好きだし、尊敬できるし、女としてすごく魅力的だと思う。男として、彼女を抱きたいと思ってもいる。けれど、頭のかたすみで、警報が鳴っているのも事実だ。小さな音じゃない。激しく鳴っている。耳を塞《ふさ》いで、僕はジェシカの提案を受け入れるべきだろうか。どうすればいい？　僕は、どうすればいい？

5／21／1997

4

でっかい（心の）虹くんへ

こんにちは。お久しぶりです。

六月も、終わりに近くなりました。京都はまだ、梅雨の季節です。毎日毎日、しとしとじめじめ雨降りで、ちょっといやになります。あじさいとかたつむりだけは喜んでるけど、洗濯物がなかなか乾かない。お布団も湿ってる。ああ、乾燥機があったらいいのになぁ、なぁんて、いきなりの愚痴でごめんなさい。

虹くんは、あいかわらずお元気で、大活躍のごようす。うれしく思います。こないだ、ママが、あなた＋猫たちの写真を送ってきてくれました。ユンは、あなたの鼻に嚙《か》みつく遊びが大好きで、レネは、あなたのおなかを背もたれにして、お昼寝するのが大好きみたいですね。

夢ちゃんも、元気ですよ。って書きたいところですが、十日ほど前に洗濯したらね、ちょっとだけ、縮んでしまったの（とほほ）。あ、でも、ちょっと縮んだだけなので、心配しないでね。洗濯されてきれいになったあとは、買ったばかりの携帯電話にくっついてるの。だから彼女には、私の秘密、全部、知られちゃってる。

私の仕事は、すこぶる順調です。仕事はとっても楽しくて、やり甲斐《がい》があります。一生懸命やれば、その一生懸命が、生徒たちからもっといい形になって、私にもどってくるのね。これって、まさに、仕事の喜び。仕事って（恋と違って？）一方通行じゃないところがいい。通常の英語の授業のほかに、英会話クラブの顧問もつとめています。

さて、仕事はあいかわらず順調なのですが、あいかわらず、悩んでいることもあって。

ああ、情けない。私の恋にはどうして、進歩というものがないのでしょうか。

聞いてくれますか？

そう、あの、不倫の彼のこと。

彼はだいたい一ヶ月に一度か二度くらい、関西出張という名目で、京都にやってきます。来たときには、私たちは必ず会って、食事をしたり、お酒を飲んだり、泊まったりします。私の部屋には、泊まりません。そんなことしたら、すぐにお部屋を追い出されてしまうかもしれない。京都はね、東京と違って、ご近所の人たちの目が厳しいの。壁に耳あり障子に目あり。だから、ホテルに泊まります。

こんなことしてていいのかなぁって思いながらも、もうやめなきゃって思いながらも、誘いの電話をもらうと、しっぽをふって、会いに行ってる私。犬みたいだと思いながらも、彼と会うのを、やめられない。ただ、週末にひとりだと、寂しいからっていう、それだけの理由で。食べ出したらやめられないポテトチップスか、あられみたいだね。

彼と私のあいだで、こんな会話が交わされました。先週の土曜の夜、新・都ホテルの部屋で。

「美亜子にはね、俺みたいな男がちょうどいいんだよ」

「えっ、どうして？　どうして？　どうして？」

思わず三回も「どうして？」って言ってしまっていた。

彼の答えはこうでした。

「美亜子の心のなかにはね、ずっと、別の男が住んでるだろ？　ほとんど住み着いてると言っていいよね？　だから、その男の存在を打ち消すためにも、美亜子には俺が必要なんだよ」

そんな馬鹿なって思ったけれど、私には何も、言い返すことができなかった。図星だと思う反面、そんなことないよっていう強い否定の気持ちもあった。

虹くん、正直なところ、私には私の気持ちというものが、よくわかっていないの。私の心のなかにはまだ、佑司が住んでいるのだろうか？　佑司の存在を打ち消したくて、私は彼とつきあっている？　私って、そういう、弱くて、ずるくて、だらしない女？　だとすれば、私は自分で自分が好きになれない。

「利用すればいいいんだよ」

って、彼は言うの。

「俺のこと、利用しろよ。都合のいい男になってやるからさ」

確かにこの頃の私、彼のことを利用しているのかもしれない、と思うこともある。彼となら、全身全霊で向き合わなくても、本気でコミットしなくても、その場限り、ひと夜限りの、いつでも切り捨てられる関係をつづけていける。彼には奥さんがいて、家庭があるから。そういう人の方が、私には便利。便利だし、気軽。気軽だし、気楽。

「切りたくなったら、いつでも好きなときに切ってくれていいよ」

私が彼との関係を切れないのは、私がまだ、佑司に未練を抱いているから？　まさか、そんなはず……ない……はず……？

虹くん、あなたはどう思いますか？

またまたダークな灰色のおたよりで、ごめんね。お詫《わ》びのしるしとして、最後にひとつ、明るいニュースをお届けします。

夏休みに、虹くんに、会いに行きます！　久しぶりの里帰りをします。ママと香坂さんのお店、この目でしっかり見てみないとね。

たぶん、八月の初め頃か中旬くらいになると思います。その頃、不倫の彼もニューヨークシティに出張するそうです。いっしょに行くかどうかは、まだ不明。彼はすっかりそのつもりでいるみたいだけど。

ここまで書いて、一週間が経過。「不明」が「確実」になりました。彼といっしょにNYCへ行き、三日間だけ、ワシントン・スクエア・ホテルに滞在します（彼がグリニッチビレッジでジャズを聴きたいと言うので）。そのあと、私だけ、キングストンへ。それからまるまる十日間、家族みんなで過ごします。

虹くんに会える日を、楽しみにしています。夢ちゃんも連れて行くからね！　待っててね、シー・ユー・スーン。

美亜子より

5

小さな夢ちゃん

イサカからニューヨークシティに向かうバスステーションの待合室で、これを書いてます。今は夏休み。僕とジェシカはこれからバスに乗って、七時間の魔のバスタイムに耐え抜いて、マンハッタンへ。バカンスです。つかのまの、猛勉強からの解放。ジェシカは今、僕のとなりで熱心に読書をしています。何を読んでいるんだろう? チベット仏教について、書かれた本みたいです。表紙の写真でわかったよ。

夢ちゃん、前の手紙ではずいぶん、心配をかけました。僕たちは今、つきあっています。恋人として、なのか、そうでないのかは、まだわからないけれど、とにかく、ジェシカの言葉を借りれば「自由な人と自由な人」として、つきあっています。これからのことは、これから考えます。考えてばかりいたって、どうにもならないとわかったので、まずは行動を起こすことにしたのです。行動しているうちに、進むべき道も見えてくるでしょう。出口が見つかれば、出ればいい。無責任かもしれないが、人間、責任だけで生きてるわけでもないだろう。

マンハッタンでは、ワシントン・スクエア・ホテルに泊まります。なつかしいホテルです。初めてニューヨークを訪ねたとき、泊まったホテルです。ニューヨークに行くなら、ジャズにどっぷり浸かりたいというジェシカの希望によって、グリニッチビレッジに滞在することにしました。あの人、カリンさん、あの人のお父さんと過ごした、かけがえのない日々が、そこにはあります。もしかしたら、恭子さんのライブも聴けるかもしれないな。『We'll meet again』——楽しみです。あ、バスが到着しました。じゃあまたね。つづきはWSHで。

8／19／1997

一方通行の両想い

1

市ノ瀬美亜子様

と、名前を書いただけで、すでに胸がいっぱいになり、次の行が書けなくなり、気持ちを落ち着けるために、部屋を出て小一時間くらい、アパートの近くをうろうろしてきました。もどってきてから、書き始めています。

今、日曜の午後四時過ぎです。うろうろしてきた場所は、浜田山《はまだやま》。井《い》の頭《かしら》線の急行通過駅です。

なじみの猫たちに出会って、あいさつをして、遊んでやって、行きつけのコンビニエンス・ストアで、食パンと、コロッケと、パックに入った野菜サラダと、それからビールを買ってきました。今夜のごはんは、マヨネーズてんこ盛りのコロッケサンド。何個食べるか、数は、訊かないで下さいますか。

前置きは、ここまで。

美亜子さん、じゃなくて、あえて美亜子と書かせてもらいます。

なぜなら、さっきまで、何度も読み返していた手紙――四年前にもらったものです――には「あなた」も「美亜子さん」も、いや！　と書かれていたからです。

それなのに、僕ときたら、杓子定規《しゃくしじょうぎ》に「美亜子さん」を連発してしまって、ほんと、いやな男です。今、目の前にいたら、ぶん殴ってやりたいよ。

この手紙を受け取ったのは、札幌でした。自分からも、自分を取り巻く状況からも、要は自分が引き起こしたことから逃れたくて、北海道へ。

今でもよく覚えています。郵便受けから取り出して、手のひらにのせたときの、ずっしりとした重み。でも、そこに書かれていた文章には、まるで羽が生えているみたいで、読んでると、風にのってどこまでも飛んでいけそうな、そんな気持ちにさせられた。のびのびとした明るい文章は、美亜子の性格そのものだね。

僕はこの手紙をずっと、お守りのようにして、持っていました。ニューヨーク州イサカにあるコーネル大学の大学院に留学していたときも、ずっと。留学を終えて日本にもどってきてからも、ずっと。そして、東京で社会人となった今も。

しかしながら、正直に告白すると、その手紙のあと、その年の暮れにもらった最後の一通を、僕は持っていません。読んだあと、捨ててしまいました。ごめんなさい。捨ててしまったけど、書かれていたことは、しっかり覚えているんです。

きっと、そこに書かれていることを忘れてしまいたくて、捨てたんだと思うけど、捨てたことでなおいっそう、忘れられなくなったんだね。

美亜子の心の叫びです。正確な文章は再現できないけど、もう二度と連絡してこないで。もう二度と、手紙を送ってこないで。そうじゃないと、私は一歩も先に進んでいけない。僕とは、友だちでもいたくない、と、書かれていました。

だからね、美亜子、僕は、この手紙をこうして書きながら、これを正真正銘の、最後にしようと思っています。最後の悪あがきみたいなものです。

美亜子の必死の願いを無視して、しつこく手紙を送る男を許して下さい。ここから先、読むのがいやだったら、読まないまま、捨ててくれてもいいです。そういう覚悟を決めて書いてます。

話が前後しますが、去年の秋、修士課程を終えて日本にもどり、今年の春から、食品関係の会社で働いています。浜崎佑司、会社員になりました。採用されたときの約束では、将来的には会社のシンクタンクに配属されて、自然食品、健康食品の開発にかかわったり、企業としてエコロジーにどう取り組むか、などについて研究する仕事に就くことになっていますが、これは会社の決まりで、入社後一年間は全員、営業職を経験しなくてはなりません。そんなわけで、僕は今、ばりばりの営業マンになっているのです。

毎日、自社製品の売り込みに、レストラン、デパート、ホテル、小売店、スーパーなどを訪ね歩く日々です。そういえば、昔、美亜子といっしょにデータの集計をした、外資系の会社のアンケートの仕事、楽しかったね。

覚えてますか？

あなたにとって、理想のレストランとは？

一生忘れられないレストランが、ありますか？

僕には、あります。

それは、京都にあります。美亜子が今も暮らしている町に、あります。今もあの店はあるのだろうか。ホンキートンクという名のピザ屋さん。今もあの店のあのテーブルは、あそこにあるのだろうか。そこには、どんな恋人たちが座って、どんな未来を夢見て、どんな愛を語り合っているのだろう。

僕らはそこで、美亜子の二十歳のバースデイを祝いました。

あれから、六年。美亜子はもうじき、二十六歳ですね。この六年間、美亜子にはどんな出会いがあり、どんな別れがあり、どんな泣き笑いがあったんだろう。どんな旅をして、何を見て、何を感じていたんだろう。

営業の仕事で、銀座のデパートを訪ねたとき、偶然、デパート内のギャラリーで、中條《なかじょう》小夜子さんの個展が開かれていたんです。受付のデスクには、楓さんが座っていました。小夜子さんの染織展です。美亜子もご存じの通り、僕にとってはまったく未知の世界だし、疎いジャンルだし、みずから進んで観ることなどないはずなんだけど、なんだろう、運命のいたずら（いい意味での）みたいなものなのかな、エレベーターのボタンを間違って押してしまって、ドアが開いて、一歩、足を前に踏み出したとき、楓さんの目と僕の目が合ってしまった。

「あっ、宇宙人だ！」

それが楓さんの第一声でした。

うれしかったです。覚えてくれていたんですね。彼女は僕のことを。そして、美亜子がつけた僕のあだ名を。

その日は、小夜子さんもたまたま会場に来られていて、僕らは三人でお茶を飲みました。三人とも仕事中だったので、わずか二十分くらいだったけどね。ギャラリーの近くにあった和風喫茶コーナーで。

そこで、ふたりから教えてもらいました。美亜子の近況です。美亜子が京都で、英語の先生になっていること。美亜子の住所を教えてくれたのも、彼女たちです。ふたりは、僕らのあいだにあったことを、詳しいことは何も、知らないようでした。僕にはそう感じられました。僕は、大学院を中退してプー太郎になったあと一念発起してアメリカに留学、美亜子は大学を卒業して就職して京都へ。だから必然的に遠距離になり、そのまま自然消滅した。そんなふうに思っているようでした。

「日本に住んでるなら、絶対に連絡してやって。絶対に喜ぶと思うから」

楓さんは「絶対」を強調してました。

「美亜子はね、きっと今でも、佑司くんのことが忘れられないのよ。だから恋人もできないし、つくろうともしないの」

小夜子さんはそう言ってました。

もちろん僕は、彼女たちの話を聞いたから、彼女たちに頼まれて、こうして手紙を書いているわけではありません。手紙を書いているのは、あくまでも僕の自発的な行為です。僕の意志です。ただ、住所を教えてもらったいきさつを美亜子に理解して欲しかったから、書きました。だけど、美亜子に今、つきあっている人がいたり、大切な人がいたり、恋人がいたりした場合には、僕はこんな手紙を書かなかっただろう、というのも、紛れもない真実です。

美亜子から、最後の手紙をもらって以来きょうまでの三年半のあいだに、僕にも新しい出会いがあり、別れがありました。僕にも好きな人ができて、その人とつきあったこともあります。

　けれど、僕は今、ひとりです。

　美亜子と離ればなれになっていた日々。美亜子は僕から離れて、遠くへ行ってしまったと思い込んでいた。でも美亜子は本当はどこへも行っていなかった。僕が美亜子を忘れていただけなんだ。そうじゃない、つら過ぎて、僕は忘れたふりをしていた。本当は忘れてなんかいなかったし、一度も忘れたことはない。

　今でも美亜子のことが忘れられません。

　自分自身、変化した部分もあれば、まったく変化していない部分もあります。変化を成長と呼べるのかどうかも、わかりません。同様に、美亜子への思いにも、変化している部分もあれば、そうでない部分もある。そうでない部分を、僕は美亜子に送りたいと思う。未練がましい男だと思うし、執念深い男だとも思うけれど、やっぱり、どうしても、この手紙を書かないではいられなかった。

　読み返さないで、送ります。返事も、待ちません。

　自分勝手な一方通行の想いを送る男を許して下さい。

浜崎佑司

2

浜崎佑司様
じゃなくて、私の大好きな宇宙人、こと、佑司へ、ですね。

お手紙ありがとう。

しかとこの胸に抱きしめました。ありがとう、本当に、本当に、本当にうれしかったです。「うれしい」と百回書いても、足りないくらい、うれしかったです！　世界中の人たちに向かって「わーい、見て見て！」って自慢したくなったよ。

楓ママと小夜子さんにも、感謝しないとね。

ねえ、佑司、コロッケサンド、何個食べたか、当ててあげようか？

六個でしょ？　つまり、コロッケ六個と食パン十二枚。当たってますか？　次のおたよりで、正解を教えてね。ビールは何本だろう。考えるだけで、げっぷが出そうです。

それと、ご就職、おめでとう！　食品関係の会社だなんて、佑司にぴったりじゃない？

いくら食べても太らない食品、私のために開発して欲しいな。

レストランのアンケートのこと、よーく覚えてるよ。忘れるわけがない。西新宿の新宿中央公園のベンチで、佑司が三個目のお弁当の入ったレジ袋を恥ずかしそうに隠してた姿は、私のまぶたの裏のスクリーンに「永遠の名場面」として、焼きついてるからね。

そして、もちろん、ホンキートンクもね！

ただ、ホンキートンクがまだ、同じ場所にあるのかどうかは、わからないです。避けてたわけじゃないんだけど、あのあたりに行く機会がなくて。でも今度、行ってくる。確かめてくるね。ちゃんとお店があるかどうか、あのテーブルがまだ、あるかどうか。テーブルには、赤と白のギンガムチェックのテーブルクロスが掛かっているかどうか。

ああ、なんだか私の胸、信じられないくらい、弾んでます。こういうの、「ときめき」って言うのだったっけ？　久しぶりに、味わってます。いいなぁ。

あのね、小夜子さんと楓ママが佑司に話したことは、ほとんど全部、事実です。私は今、仕事だけに生きる女になっているんです。寂しいなって思うときもあるけど、その寂しさを心のどこかで楽しんでいる気もする。これって、佑司の書いていた変化なのかな、それとも、成長？

それにしても、私、ずいぶん、ひどいこと書いてたんだね。最後の手紙に「もう二度と連絡してこないで」なんて、よくもそんなひどいことが書けたもんだね。私の方こそ、ごめんね、佑司。

私も正直に告白しますと、この四年間、新しい出会いがあって、つきあった人もいて、なかには本気でずぶずぶのめり込んだ人もいて、ほんとにほんとにいろんなことがありました。でもね、くり返しになりますが、楓ママと小夜子さんが言ったことはどちらも事実で、私には今は、好きな人はいないし、恋人もいません。欲しいとも、つくろうとも、あんまり思わなくなってしまったの。

なぜなんだろう？　理由はものすごくたくさんあるような（仕事が忙しくて楽しくて仕方がないっていうのも、そのひとつかな）、たったひとつしかないような（恋愛って面倒！　恋は卒業？）、ちょっと不思議な感じなんだけど、やっぱりどうしても、私も佑司のことがずっと、心に引っかかっていたんだと思う。ごめんね、引っかかってるなんて、あんまりいい言い方じゃないね。願ってきたという方が正解に近いかな。佑司には「もう手紙を送ってこないで」なんて書いておきながら、心のどこかで、私、ずっと願いつづけてきた気がする。佑司、私に手紙をちょうだいって。

だから、佑司、ありがとう。本当にありがとう。

こないだね、楓ママと小夜子さんに近況報告の電話をかけたとき、さんざん、からかわれちゃった。

「あなたたち、けんかしてる二匹の猫みたいね」って。

佑司も何回か、あるいは何回も、見たこと、あるでしょう。猫のけんか。そう、やたらに時間がかかるのね。最初は見つめ合っている、というか、にらみ合っているだけ。互いに一歩、相手が足を踏み出したら、一歩、下がる。にらみ合いと、一歩前へ、一歩あとへ、延々それのくり返し。だから、なかなか本番が始まらない。ひと思いにぱぁっとやり合って、ぎゃあっと引っかき合えば、そのあとはすっきり仲直りして、仲良しになれるかもしれないのに、猫ったら、臆病だから、かっこばっかりつけて、潔くけんかができない。

私たちも、長いこと、こんな感じだったのかな？

あと一週間ほどで、二十六歳になります。二十六年近く生きてきて、いちばん素敵なできごとは、佑司からもらったこのお手紙です。もっと大げさなことを書けば、私にとって二十世紀最大のうれしい出来事でした。

一九九九年の夏、素敵なバースデイプレゼントをありがとう。

佑司が私のことを「美亜子」と呼んでくれてたことも、うれしかったです。確かに何かが、確かに佑司が、私の人生のなかにもどってきてくれたのかもしれない、そんな手応えというか、手ざわりというか、素敵な響きを感じました。

私たち二匹のけんか、やっと終わったのかもしれないね。

ずいぶん時間がかかったね？　でもこの時間、決して、無駄な時間ではなかったと、私は思います。むしろ、必要な時間だったのではないかな、と。すれ違って、もう二度と会わない人、一生会えない人もいるなかで、すれ違って、もう一度会える人、また会える人って、いるんだね。そのことを、私はとても大切なことだと考えたいと思います。

そして、私からひとつ、質問です。佑司は、自宅でメールの送受信ができますか？　もしもできるようなら、私にメールを下さい（佑司の会社のメールアドレスには、メールしづらいから）。私の自宅のメールアドレスは、同封した名刺を見てね。

あ、でもね、私、佑司のお手紙、大好きなんだ！

だから、メールもいいけど、やっぱり手紙も欲しいな。でも、メールも欲しい。なぁんて、あいかわらずわがままなことを書いている私を、許して下さい。

最後にもうひとつ、最近の私がすごく気に入っている言葉を紹介して、この手紙のしめくくりとします。ある作家がエッセイ集のなかに書いてたの。

愛の世界には「別れ」は存在しない。一度出会った人との別れは、ない。その人がその人を忘れていない限り、ふたりのあいだに、別れはない。死さえ、ふたりを分かつことはできない。

ふるい都の夕暮れの光に包まれて
美亜子より

3

美亜子さま

はりきって、初メールを送ります。じゃーん、届いてますか？

美亜子から手紙の返事をもらったからってわけでは、決してないんだけど（いや、実はそれもあるんだな、これが。大ありなんです）、

自宅用のパソコン、買おうと思ってたところ。いいタイミングだったです。

ついさっき、近所の居酒屋で、パソコンオタクの友だちと飯を食って、帰ってきました。いの一番にこのメール、書いてます。

友だちに夕飯をおごるのと引き替えに、接続から設定まで全部、やってもらった。おかげでうまく行きました。はぁ……ひとりでやってたら、朝までかかったかもしれない。持つべきものは、オタクフレンド。

ところで美亜子、電話では言い忘れたけど、コロッケサンドはね、正解は五個です。そうなんです、昔に比べると一個、減ったぞ。

体型はあいかわらず「北山杉」ですから、ご心配なく。

電話、ありがとう！！！　もう、吠えたくなるくらい、うれしかったです。

手紙だけでも相当うれしくて、踊り出しそうになっていたのに、その上、電話まで。美亜子の声、ぜんぜん変わってなかったねぇ。ハハハ、変わるわけないってか。そりゃあそうだ。変声期じゃないんだから。

でも、こう言ってはなんだけど、美亜子の日本語、うまくなったね。

あっ、今、ちょっと、むっとした？

でも、ほんと、うまくなったよ。カタカナ言葉の発音が英語風じゃなくなったところなんて、すごいなと思ったよ。ヘンなところで、褒めるなって？

ハハハ、ごめんごめん、あ、堪忍《かんにん》え〜だったかな。

あのね、馬鹿なことばかり書いてるけど、きょうはちょっと、じゃなくて、けっこう重要な話があるんです。姿勢を正して、深呼吸してから、書きます。

来週の土曜日、京都へ行こうと思っています。

仕事のついでじゃありません。

美亜子に会いに行きます。美亜子の顔を見て、美亜子と話がしたいからです。積もる話がしたいからです。それ以上の望みは、なし。

とにかく会いたい。顔を見て、話したい。話があり過ぎる。

土曜日の朝いちばんの新幹線で行って、最終の新幹線でもどります。
ほんとは一泊できたらよかったんだけど、日曜日には仕事がらみの野暮用が
あるので。美亜子の都合を聞かせて下さい。駄目なら駄目と言って下さい。
OKの場合、待ち合わせ場所を指定して下さい。京都、久しぶりなので、
ずいぶん、変わってるんだろうな。
できるだけ、わかりやすい場所を指定せよ。
返事を松の木。佑司より

4

美亜子へ
メールをありがとう。二通とも、ちゃんと届いてます。
先のメールでも予告した通り、きょうは、手紙にします。同封したいものもあるしね、
それに美亜子、「ときどきは手紙にして」って言ってたから。
きょうは朝から、一週間分の洗濯物を片づけて、一週間分の食料品を買いに行って、天
気がいいので布団も干して、この手紙を書いたあとは、自転車に乗って、近くの高校のグ

ラウンドでやってるはずの草野球をひやかしに行く予定。今夜の晩ごはんは、隣の駅の近くにあるラーメン屋さんで、名物の「洗面器ラーメン」を食う予定。

メールにも書いたけど、京都では、会えなくなって、すごく残念だった。けど、美亜子の教え子が無事で、本当によかった。

その後、彼女の具合はいかがですか？　順調に回復してますか？

彼女も大変だったけど、美亜子も大変な思いをしたね。あれからしっかり寝てますか？

徹夜つづきだと、倒れてしまうよ。

だけど、何度も言うけど、美亜子の第六感は、月並みな言い方になるけど、すごいね。

彼と訪ねたレストランのお手洗いに、新しいすてきな深紅《しんく》のばらの花が飾られていて、でも同じ日、同じお手洗いのごみ箱に、古くなって枯れた深紅のばらの花が、花瓶からスポッと抜かれたままの形で捨てられていたのを見て泣いた――という彼女の話を聞いて、美亜子には、その教え子が自殺しようとしているって、わかったんだよね。

たかが失恋。されど失恋。

彼女はきっと、ごみ箱に捨てられていた無残なばらの花に、自分自身を重ね合わせていたんだろうね。美亜子の話を聞いて初めて、僕には「なるほどー」と理解できたけど、それは、そう言われてみればわかるけど……っていうことであって、もしも彼女からの電話でその話を聞かされていたとしても、僕には到底、彼女の気持ちなんて、わからなかっただろうな。だって、明るい口調で、さばさばした感じで、そう言ったんだよね。「だけど先生、もう大丈夫です。安心して下さい」って。

それなのに、美亜子には、わかった。ピンと来た。これはおかしいってわかった。今までの恋愛相談の電話とは違うって。

以心伝心ってことだろうか。それとも、虫の知らせ？

美亜子が言うように、彼女はきっと、美亜子に「先生、助けて、止めて」って、無言のSOSを発していたんだね。本人は、これから自殺しようとしているんだけど、本人も意識していないところで、「死にたくない、生きたい」という強い信号を発していたんだね。その信号を送る相手として、この世に、美亜子という存在がいたことを、僕は神様に感謝します。

助かった彼女の命に、乾杯。これからは、もっと強く、しなやかに、曲げても折れない枝のように生きていって欲しいです。

ところでひとつ報告です。

今回のことがあって、僕はつくづく、新しい携帯電話をもっと早く買って、持っているべきだった、と、深く反省しています。僕があの日、携帯を持ってさえいれば、美亜子も僕に直接、すぐに連絡できたわけだしね。本当に、余計な気苦労をさせてしまって、ごめんよ。

アメリカ留学から日本にもどってきたばかりの頃、猫も杓子も携帯、携帯、携帯で、マナーも悪くて、へそ曲がりの僕は、携帯なんてクソ喰らえだと思っていたけど、美亜子の教え子にとっては、携帯は命綱だったんだものね。携帯があったから、彼女の命は助かったのかもしれないんだものね。たかが携帯、されど携帯？

そんなわけで、ついきのう、土曜残業の帰りに秋葉原に立ち寄って、ピカピカの新製品を買ってきました。今度、美亜子と初携帯トークしたいです。まだ使い方をマスターしていないので、もうちょっとだけ、待ってて下さいね。

さて、ここからが本題です。

同封の包み、あけてみて下さい（もう、あけちゃってるか）。

実はこの絵本、早めに書店に着いて、待ち合わせの時間までかなり余裕があったので、店内を見てまわっているときに、見つけた本です。だから、書店内のカフェで、もしも予定通り美亜子と会えていたら、そのときに手渡そうと思っていたんです。ちょっと遅くなったけど、バースデイプレゼント。

猫のごはんのレシピ集なんて、けっこう珍しいし、楽しそうだと思ったんだけど、どうだろう？

美亜子を待ちながら、すみからすみまで、読んでみました。僕も食べたくなるようなごはんの作り方が満載されてました。よかったら、次に里帰りをしたとき、美亜子の実家の猫たち、ユンとレネのために、料理してあげて下さい。

僕が気に入ったのは、この本に登場する猫たちの絵です。美亜子もきっと、気に入ってるんじゃないかな。あたたかみがあって、ひょうきんで、心に染みる可愛らしさ、だよね？　この絵を描いた人、きっと、ものすごく優しい人なんだろうな。優しさが絵ににじみ出てるよね？

61ページと、89ページの二匹の絵が、ずっと前に美亜子に見せてもらったユンとレネにそっくりな気がしたんだけど、どうですか？　また、感想を聞かせて下さい。

美亜子に会えなくて、残念だったけど、それは「また次に会える」楽しみを、京都が僕にプレゼントしてくれたんだと思うことにして。

京都の書店のカフェで、美亜子を待っていた、二時間。特に後半の一時間は、心配と不安で居ても立ってもいられなかったけど、書店の店内呼び出しで、僕の名前が連呼されたとき、稲妻に打たれたみたいに、思い出していました。美亜子からもらった手紙の最後に、書かれていた言葉です。

一度出会った人との別れは、ない。
この手紙と本が届いたら、すぐにメール下さい。
僕からは、携帯で、電話するよ！

やっと、携帯電話を携帯した、時代遅れの営業マン
浜崎佑司

5

大好きな佑司へ
かわいい絵本、ありがとう！　佑司が書いてた通り、心に染みる可愛らしさですね。画家の優しさがにじみ出ています。この画家、さり気なく優しく、人を包み込んでくれる、穏やかな海のような人なんじゃないかな。優しいんだけど、それが決して押しつけがましくなくて、「あなたが必要としているとき、僕はここにいますよ」って、言ってくれてるみたいな感じ。でもこれって、そのまんま、佑司の優しさでもあると思ってるよ。佑司は私にとって、そういう人（照れてますか？）。今までもそうだったし、これからも、きっと。佑司はいつもいつも変わらない優しさで、私のそばにいてくれてたのに、私がそ

れに気づかなかったり、気づけなかったり、気づいていながら、気づかないふりをしたり。二十歳の京都から、ついこのあいだの、会えなかった京都までの六年間を思うとき、私はしみじみとそんな気持ちになるの。

ところで、似てるよ！　うん、似てる似てる！　ユンとレネにそっくりな猫が、絵本のなかにいましたね。そして、この二匹を見てると、なんだか、佑司と私みたいだなって思えちゃった。

おととい、彼女のお見舞いに行ってきました。

今はもう、病院からおうちにもどって、少しずつ、普通の生活ができるようになってきています。ただ、ご両親の話によると、体はじょじょに回復してきているけれど、心にはまだ、深い傷を負っているみたいです。私に見せてくれた笑顔は、わりと元気そうだったけれど、元気を装っていただけなのかもしれない。ちなみに、少し前に、彼女が死にたいと思うほど恋い焦がれていた人の奥さんが、お見舞いに来られたそうです。奥さんも、彼女と同じくらい、傷ついているんだろうな……。

ここからは、楽しかった（！）電話のあとで、書いています。

電話で言おう言おうと何度も思ったんだけど、佑司の優しい声を聞いてたら、胸がいっぱいになって、言えなかったことがあるの。

実はね、佑司、私の母が去年の暮れに、癌《がん》の手術を受けました。術後の経過はまずまずだったのですが、今年の春の再検査で、今度はまた、別のところに影が見つかったのです。再手術を受けるかどうかはまだ決まっていないのですが、とにかく、そんなこんながあって、私はできることならアメリカに、ニューヨークにもどって、できるだけ、母の近くにいてあげたいと思うようになってきています。

ずっと前にも話した記憶がありますが、十代から二十代にかけて、私は母親不孝な娘でした。母という人のなかに、なぜか、自分の一番きらいな自分を見つけ出してしまうのね。でもそれは、私が私に自信がなくて、私が私を好きではないから、その自己嫌悪の対象として母を選んで、母につらく当たっていたような気がするの。この頃になってやっと、私はそのことに気づくことができました。

今年の初めに、ニューヨーク郊外にある日本人学校でバイリンガルの教師を募集しているという情報を得て、願書を出していたのですが、いい返事はもらえなくて、あきらめていたんだけれど、採用されることに決まっていた人がなんらかの事情で渡米できなくなったみたいで、代わりに私に声をかけてきてくれたのです。

とっても急な話なんだけど、先方さんは、九月から来てもらえないかと言っています。そんなこと言われても、私には今の職場もあるでしょう。突然、辞めるわけにはいかかない。で、校長先生と教頭先生に相談してみたところ、そういう事情なら、二学期終了まで勤めてくれたら、それまでになんとか、後任を見つけますと言って下さいました。

そう、だから、私は今年いっぱいで退職して、来年早々から、またニューヨークで暮らすことになります。日本人学校のOKももらえました。せっかく再会できた佑司と、また海を隔てて離ればなれになってしまうのが残念でたまらないけれど、私たち、なぜか、そういう運命にあるのかな?

運命と言えば――。

京都では会えなかった、と、佑司は書いていたけれど、実は私、佑司には会っているの。私ね、美紀《みき》ちゃんといっしょに救急車に乗って、彼女を病院に送り届けて、あちこちに連絡したあと、タクシーに乗って、あの書店まで行ってみたの。待ち合わせの時間からすでに、四時間が経過していたから、佑司は絶対にいないと思ってた。

そうなの、佑司。私ね、佑司がまだ待ってくれているのを、この目で見たの。佑司は二時間なんて言ってたけど、本当は四時間も、待ってくれてたんだね。私、駆け寄っていって、佑司に抱きつきたいような気持ちだった。でも、できなかった……。

どうしてなんだろう、こんなに好きなのに、できなかった。

今、佑司に抱きついてしまったら、私はそのあと一生、佑司のお荷物になりつづけるだろうって、わかっていたから。ごめんね、佑司。

母のこと、渡米のこと、いろいろと、考えれば考えるほど、佑司にストレートにぶつかっていけなかった私です。

ただ、佑司とは、これからは本当に、いい友だちでいたいと思っています。ベストフレンド、大親友でいたいし、きっといられると思っています。佑司さえよかったら、ソウルメイトでいて下さい。以前は若気の至りでできなかったことを、これからは大人の男女として、やっていけるのじゃないかな、と、私は思っているの。恋愛だけが至上のつながり方じゃないでしょ。好きな人と、好きなつながり方をしていけたら、それが本当に豊かな関係なんじゃないかな。なんて、生意気かな。強がりかな。

佑司からもらった絵本のお礼に、私からは「夢ちゃん」を送ります。

なつかしいでしょう？　また会えたね、でしょ？　何度かお風呂に入れたので、ちょっと縮んでるけど、佑司の自転車か携帯に、またくっつけてくれたら嬉しいです。

思い出が胸にあふれて、壊れそうになりながら、書きました。

四時間も待ってくれたこと、ありがとう。

美亜子より

心の楽園

1

美亜子へ

メリークリスマス！　アメリカ風に言えば「ハッピーホリデイズ」かな。

だけど、そっちは今はまだ、感謝祭のホリデイのまっさいちゅうだね。そこらじゅうに、オレンジ色のかぼちゃがあふれている。紅葉の季節が終わって、森の樹木が潔《いさぎよ》く裸になって、空気が日ごとに冷たくなってくる。カナダグースはあたたかい土地を目指して飛び立ち、森の鹿たちは毛の色を枯れ葉の色に変え、りすたちは冬ごもりのためのどんぐり集めに大忙し。これからやってくる、雪の季節と厳しい冬を予感させる、ちょっと物悲しい季節に、人々は力強いオレンジ色に元気づけられる。ニューヨーク州イサカで暮らしていた頃、僕も何度か経験したことのある、オレンジ色に染まった晩秋《ばんしゅう》に思いを馳せながら——

ちょっとばかり早いけど、クリスマスプレゼントを贈ります。

なんでも一番乗りが好きな男なので。そして、普段はメールだけの味気ない男ですが、きょうはメールを返上し、昔なつかしい手紙魔になる所存です。うん、所存だよ。企画書や稟議《りんぎ》書の書き過ぎだろうか、所存だなんて。とにかく今夜は、書いて書いて書きまくる(所存だ)よ。

さて、二〇〇〇年も、残すところあと一ヶ月弱。

二十世紀最後の年、美亜子にとっては、どんな一年でしたか？

夏に会ったときには「まだ、慣れてなくて、試行錯誤」と言っていた日本人学校の先生も、今ではもうすっかり板についたことでしょう。それよりも何よりも、お母さんの体調が回復して、アンティークショップの仕事に復帰できたこと、本当によかったね。おめでとう、と、書かせて下さい。何度もメールに書いてきたけど、あらためて。

おかげさまで、僕も健やかに、穏やかに、まあ、会社とアパートの往復と仕事以外にはほとんど何もしなかった一年だったけど、いい一年が過ごせたと思っています。美亜子のおかげですよ。これもしつこく書いてるけど。

二〇〇〇年の、僕にとってのベスト1は、夏に美亜子と会えたこと。

鎌倉《かまくら》で、美亜子の二十七歳のバースデイをいっしょにお祝いできたこと。

会いたかった人に、やっと、やっと、会えたこと。

だって、六年ぶりだよ、六年ぶり。何度書いても、また書きたくなるよ。あの日、美亜子も言ってたけど「世紀末の再会」――要するに、奇跡なんだよね、これって。

二〇〇〇年の夏に起こった奇跡に、僕は感謝の気持ちでいっぱいです。

六年ぶりに会った美亜子は、僕のよく知っている、十九歳から二十一歳までの美亜子とちっとも変わらない、初々しい笑顔の持ち主で、同時に、僕のまったく知らない、まるで初めて会った人みたいな、ミステリアスで大人っぽい雰囲気の持ち主になっていた。月並みな言い方で「ごめん」だけど、美亜子は、とてもとてもとても素敵な女性になっていた。前々から素敵だったけど、もっと、ってことだよ。ちっとも変わらない部分と、すっかり変わってしまった部分と、その混ざり具合が、僕にはどれも全部、魅力的だと思えました。今、笑ってる？　僕は真剣だよ。

こんなことを書くと、美亜子はますます照れるのかもしれないけれど、時の流れは、人を（美亜子を）美しくさせる力を持っているのだなと、あのときほど強く、実感したことはなかったです。対照的に、僕の辞書には成長という単語が載ってないみたいで、非常に恥ずかしかったです。はい、来年が来れば、三十男になります。

ここまでが、前置きです。

今、美亜子が夏にプレゼントしてくれた、エタ・ジェイムズのCDを聴きながら書いています。うん、確かにね、この、ソウルフルでパンチのあるエタの歌声を聴いていると、よっしゃ〜明日もがんばるぜ〜と、体に気合いが注入される感じがするね。

気合いを入れて、書きます。

ここからが、クリスマスプレゼントの説明です。そしてついでに近況報告。

先週末の日曜日に、僕はひとりで、鎌倉に行ってきました。

美亜子といっしょに歩いた浜辺を、浜崎はひとりでもう一度、歩いてみたかったのです。鎌倉駅から江《え》ノ電《でん》に揺られて、由比《ゆい》ヶ《が》浜《はま》まで。秋の顔をしている海に会いに、美亜子と歩いた夏の海辺に再会するために、行ってきました。もちろん、あの食堂にも行ってきましたよ。腹が減ってはナントカはできぬ、だからね。焼き魚定食に、鯛ごはんとおにぎりを追加して、店の人があきれるほど、軽く三人分は食いましたね。

午前中は曇っていた空も、昼過ぎにはすっきりと晴れて、秋の海は優しく、波は銀色の光のつぶをちりばめて、静かに寄せては返していました。夏の喧噪《けんそう》がまるで嘘だったかのように、砂浜を歩いていく人の数はまばらで、ときどき、犬の散歩をさせている地元の人たちや、ジョギングに励む人々、裸足になってボールを追いかけている子どもたちに出会うくらい。

海はいいね。海は広くて、無限大で、力強くて、地球の鼓動《こどう》を感じるから、好きだな。

この海はきっと、美亜子の住んでいる大陸に、土地に、つながっているんだなと思ったよ。ジョン・レノンの『イマジン』の歌詞に、海のそばを歩いているとしみじみ共感できますね。空と海には、国境はないんだものね。

僕は、山に囲まれた町で生まれ育って、野山を駆け回って大きくなったから、海には特別なあこがれを抱いているんだと思います。ずっと前に話したかどうか、記憶は定かではないけれど、子どもの頃、夏休みになると、母方の祖父母が暮らしていた四国のひなびた村を訪ねて、兄といっしょによく海辺で遊んでました。

細かいことまでは覚えていないけど、はっきり覚えている場面がひとつ、あります。それをここに書いてみます。

ある夏の日、兄といっしょにやってきた海辺で、遊び疲れた僕は、砂浜に寝っ転がって、ぼーっと空を眺めている。いつのまにか、兄はいなくなって、まわりにいた人も消えてしまって、僕はひとりで、寝転んで、手足をのばして、空を眺めている。海と空と太陽と風。僕のまわりには、それだけしかない。ああ、なんて気持ちがいいんだろう。ここは楽園だな、ここは心の楽園だな、と、僕は思っている。まだ子どもだった僕に「楽園」なんていう言葉の意味が、本当にわかっていたのかどうかは別として。どれくらいのあいだ、ぼーっとしていただろうか。いつのまにか、僕はうとうとしていたようだった。

ふいに誰かが近づいてくる気配がして、はっと目を覚ました僕のそばには、僕がまだ赤ん坊だった頃、家で飼っていた茶色い犬のミミコがいて、僕の頬《ほお》をぺろぺろ舐《な》めている。ミミコは、僕が幼稚園に通うようになった頃、病気にかかって死んでしまった犬だから、四国の海辺にいるはずはない。祖父母の家にも犬はいたけど、全然、種類が違う。だけど、僕はそのとき、確かに、ミミコの舌に舐められていた。僕の鼻はミミコの匂《にお》いを嗅《か》いでいた。砂浜から起き上がったとき、僕の頬には確かに、彼女の舌の感触が残っていた。ああ、ミミコが会いに来てくれた。僕はミミコにまた会えた。そう思うと、うれしくてうれしくて、僕は「心の楽園」とは、こういう場所なんじゃないかとまた思った。

海には、そういう力があるよね。つまり、時空と距離を超えて、海は僕らを楽園に連れていってくれる。今、一番会いたい人に、僕の場合は犬だったけど、会わせてくれる。そういう力。

そんなことを思いながら、僕はひとりで浜辺を歩いていきました。潮風《しおかぜ》に吹かれて、ときどき立ち止まって空を見上げたりして。歩きながら、夏に同じ浜辺で、美亜子と交わした会話をひとつ、ひとつ、貝殻《かいがら》を拾い上げるようにして、思い出していました。

美亜子はまず、食堂でごはんを食べているとき、こう言ったね。

「お互いに、ほかに好きな人ができたら、正直に、まっさきに、相手に打ち明けること。包み隠さず何もかも、ストレートに。打ち明けられた方は、必ず、絶対、無条件で、それを心から祝福すること。祝福して、相手の幸せを願うこと。私たち、この約束を今、ここで、しよう」

僕は最初「できないよ」って答えた。即座に、そんなこと、できないよって。「デートのさいちゅうに、そんなこと言うなんて、ひど過ぎないか」って、ちょっと怒ったように、僕は言ってしまった。それに対して、美亜子は言った。あの、ミステリアスな微笑みを頬に貼りつけて。

「佑司、誤解しないで。これって、デートじゃないよ。私たちは友だちなんだって、言ったでしょ？ 私は、友だちの佑司に、会いに来たのよ。友だちだから、会いに来た。メールにも書いたはずよ。私たちは友だち。仲のいい友だち。それ以上でも以下でもない。私たち、恋人じゃないでしょ」

その通りだった。美亜子は、友だちの僕に、僕が友だちだから、日本にもどってきたとき、六年ぶりに会ってくれた。そのことは、わかっていた。わかっていた、つもりだった。でも、面と向かってそう言われると、ちょっと、いや、激しく、ショックだった。心のどこかで意地汚く、期待していたのかもしれない。僕らはずっと、すれ違いばかりをくり返してきたけど、今度こそ、今度という今度は、十九歳と二十一歳のふたりにもどって、最初からやり直せるのかもしれない、と。日本とアメリカに離れていても、僕らは仲のいい恋人同士として、つきあっていけるのかもしれない、と。あくまでも甘い、自分勝手な幻想に浸っていた僕でした。

食堂を出て、ビーチを歩き始めたとき、「じゃあ、約束ね」と、無理やり指切りをさせられて、僕は寂しくて、悲しかった。顔は笑っていたけど、僕の心は泣いていた。美亜子に会えて、ものすごくうれしいはずなのに、それと同じだけ、悲しかった。

それでも、指切りのあと、美亜子は僕の手を取って、握ってくれたね。悲しかったけど、うれしかったよ。そしてそのまま、僕らは黙って、波打ち際を歩いていきました。手をつないだまま。

あのときになってやっと、僕は、美亜子が本当に言いたかったことが、少しずつ、少しずつ、理解できていったような気がします。美亜子は決して、僕を拒否して「友だち」と言ったわけじゃないんだって。遠く離れて暮らしているふたりだから、「恋人」という言葉に縛られて、息苦しくなって、また前みたいに、近くにいる人を求めてしまったり、寂しさを理由に、相手からも自分からも目を逸らして、安易な場所に逃げ込んでしまったりしちゃ駄目なんだって、美亜子は、そう言いたかったのではないか。恋人同士になって、相手を悲しい目に遭わせたり、遭ったりするのは、もうやめたい。そういう意味での「友だち」だったのではないか。

そのことを確認するために、僕は秋の海を訪ねてきました。僕の手のひらに残っている、美亜子の手のひらの感触を思い出しながら。

痛いくらい、わかりました。確認できました。

あの日、美亜子の言いたかったことは——

遠く離れていても、お互いを好きでいられる限りは、せいいっぱい好きでいよう。でも、縛り合うのはやめよう。自由な関係でいよう。心のつながりが切れたら、人と人はそれでおしまい。おしまいがやってきたら、僕たちは、ふたりの心の楽園から、去っていく。相手の幸せを願いながら、去っていく。そういうルールを定めておけば、前みたいに傷つくことはないだろう。傷つけることもないだろう。

違いますか？　美亜子。違っていたら、遠慮なく、そう言って下さい。

そして、由比ヶ浜からの帰り道に、僕は偶然、出会ったのです！

驚きました、この偶然に。美亜子もきっと、驚いているでしょう？

そう、江ノ電の駅までもどる途中、行くときとは違った道を歩いていて、ちょっと道に迷ったかなと思って立ち止まったとき、去年の夏、美亜子に会えなかった京都で見つけた絵本——猫のごはんのレシピ集——を描いた画家の、ギャラリーを見つけたのです。見つけたというよりも、見つけられたって感じかな。

そのギャラリーで催《もよお》されていた原画展。この絵本の原画展です。

これが、僕から美亜子への贈り物です。美亜子に贈る二冊目の絵本です。偶然、同じ画家の描いたものです。

これ以上、説明はしません。あとは絵本をあけて、絵を見て、物語を味わって下さい。

僕から美亜子に贈りたい言葉が、この絵本のなかにはあります。それだけをここに、書かせて下さい。

――君がいなくなったんじゃない。ぼくが君を　忘れてしまっていたんだね。

美亜子が、元気で笑顔で幸せなクリスマスを過ごせますように。

来年の夏か秋には、僕がニューヨークまで会いに行くからね。美亜子の大親友として。

鎌倉で交わした約束は、ちゃんと守るよ。大丈夫。安心して。僕たちはもう、互いを傷つけ合ったりしない。そんなことは、させないし、しないし、できない。

またメールしますね。この手紙よりも先に、予告編のメールを送っておくつもりです。

乱筆乱文、お許し下さい。ご寛容、ならぬ、ご海容のほど。

浜崎より

2

マイ・ファニー・佑司へ

クリスマスプレゼント、届きました！　ありがとう。

ぶあついお手紙、相変わらずの傑作大長編も、いただきましたよ。封筒にキスしてからあけました！　すごいね、佑司、昔とちっとも変わらない文章力、じょうずな文字、難しい漢字もいっぱい知ってるし、すらすら書けるんだね。私はもう全然だめで、パソコンに頼ってばかりだから、せっかく覚えた漢字の書き方も、どんどん忘れていってる。あいかわらず、日本人学校の子どもたちから、日本語を教えてもらっている日々です。

私からのお返しのプレゼント、同封しますね。

クリスマスに間に合うかな。

でっぷり太ったおばちゃんシンガーの第二弾、サラ・ヴォーンです。彼女の『マイ・ファニー・ヴァレンタイン』は、迫力満点です。肉声って言葉があるけれど、サラの声は、声に肉が詰まってるって感じ？

ぜひ、次のメールで感想を教えてね。

話が横道に逸れますが、私の母は、エラ・フィッツジェラルドの大ファンでした。たぶん今もファンだと思うけど。私が小・中・高校生だった頃、母の運転する車に乗せてもらっているとき、しょっちゅうかかっていたのが、ビリー・ホリデイとエラ・フィッツジェラルド。いつの頃からか、エラが中心になっていた。私の好きなエタ・ジェイムズやサラ・ヴォーンとの違いは「明るさ」かな。エラの声は、あたたかみがあって、朗《ほが》らかで、明るいの。人を包み込むような明るさです。悲しい歌詞の歌を歌っていても、どこか、明るい。薄皮がむけたみたいに。もしかしたら母は、父との別れや離婚問題によって傷つき、壊れそうになっていたから、エラのあの声に、救いを求めていたのでしょうか。

そんなことも、今頃になってやっと、思えるようになった私です。

昔はね、母のかける音楽がどれもこれも、ださく古く感じられて、ロックとかポップスとかが聴きたくてたまらなかった、典型的な反抗期のティーンエイジャーだったのでした。

母はおかげさまで（佑司の真似！）、その後も元気で過ごしていますから、安心して下さいね。アンティークショップも、大盛況とは言いがたいけれど、少しずつ、口コミでお客さまも増えているようです。香坂さんも元気です。猫たちは二匹とも、おじいちゃんとおばあちゃんになっているけど、元気です。隔週に一度くらいの割合で、週末、母と香坂さんの家を訪ねて、訪ねたときには猫たちのために、佑司がプレゼントしてくれた絵本にのっているレシピで、猫まんまをつくってあげています。

二冊目の絵本、これは本当に本当に「奇跡の絵本」だね。この画家が、私たちのために描いてくれたような絵と、私たちのためにつくってくれたようなお話。本当に（本当に、ばっかりつづくけど）素敵な一冊です。宝物にします。

子どもの頃になくした私の「赤いボタン」が、見つかったような気がします。

佑司が、海辺——海は心の楽園だね、ほんとにそう——で、ミミコちゃんに会えたように、私もこの絵本のなかで、会いたかった人、会いたかった存在に、たくさん会えました。大昔のボーイフレンドとかにも（うふふだね？　小学生時代のコイビトだよ）。

そういえば、佑司が手紙に書いてくれていた、子どもの頃の海の思い出なんだけど、私にも似たような思い出があるの。

小一になる前か、小一か小二か、それくらいの頃。きっと佑司と同じ頃。

まだ、うちの両親が離婚する前に、家族で中米のどこか、カリブ諸国のどこかに、三人で旅行したことがあるの。その国の名前、長いこと、思い出せなくて、知ろうともしなかったんだけど、佑司の手紙をきっかけにして、ついこのあいだ、父からかかってきた電話でたずねてみたら、それは「ドミニカ国」という国だったのだそうです。ドミニカ共和国じゃなくて、ドミニカ国。ひとつの島がひとつの国になっているみたいで、人口六、七万人くらいの小さな国。

三人家族にとっては、最後の旅ってことになるのかな。子ども心にも、両親はもうじき別れるのじゃないかって、うすうす感じていました。そして、これも「うすうす」なんだけど、両親はちっとも愛し合っていないし、それぞれほかに好きな人がいるんだろうなってことも、わかってた。カリンさんを、父から紹介してもらう「前」から、わかっていた気がします。ただ、母にはずっと、香坂さんに出会うまでは、好きな人はいなかったというのが真実だったのだけれど。

そんなこんなで、心がばらばらになっている三人家族の訪ねた海。家族最後の海。夕方、母をコテージに残して、父とふたりで浜辺まで出かけていって、空と海の境目に吸い込まれていく、でっかい夕陽を眺めていたときのことでした。

父は、夕陽や海の写真を撮るのに夢中になり、私は浜辺に落ちている色々なものを拾うのに夢中になっていた。拾っては投げ、拾っては投げしているうちに、小石とか、木ぎれとか、枯れた植物とか、海草とか、ココナツの実が割れて半分になったものとか、そういうものに交じって、はっとするほど白い、不思議な形をした、何かのかけらみたいなもの——かけらなんだけど、塊《かたまり》でもあるの——を見つけて、私は手に取ったの。本当に、胸がドキッとするくらいきれいで、軽くて、まっ白で、さらさらしてて、今までに一度も見たことのない複雑な形をしていたの。穴もあいてて。矛盾しているようだけど、複雑なのにシンプルで、美しいの。

今にして思えば、あれは、動物の骨だったのではないかと思う。頭蓋骨《ずがいこつ》の一部だったのかもしれない。穴は、目か鼻か口の部分だったのかも。でもそのときは、そこまで想像できなかった。骨だとも思わなかった。ただ、きれいなものだなぁって、見とれていた。それから、これはやっぱりどうしても、砂のなかに埋めてあげないといけないんだって、なぜか、理解してしまった。つまり、これは埋葬《まいそう》する必要のあるものなんだって。だから、そのへんにあった棒切れで、いっしょうけんめい穴を掘って、そのまっ白なかけらを、丁寧に、埋めてあげたの。埋めてあげることで、この白いものは、佑司の言葉を借りれば「楽園」まで、行くことができるんだって、子ども心にもちゃんと、理解していたような気がする。ここには、この海辺には、砂の下には、楽園に通じている道のようなものがあるのではないかと。

絵本を読んでいると、今までずっと忘れていた、そんな場面を思い出しました。

もちろん、ページのなかで、佑司にも会えたよ。また会えた。何度も何度も会えた。

佑司は、過去から私を迎えに来てくれて、いっしょに黄色いバスに乗って、そのバスは私たちを、私たちの未来の楽園まで、連れていってくれました。

ありがとう、佑司。心から、ありがとう。

私の二〇〇〇年のベスト1も、もちろん、佑司とまた会えたこと。

佑司と鎌倉の町を訪ねて、由比ヶ浜でおいしいごはんを食べて、海に行けたこと。

いっしょに浜辺を歩けたこと。

佑司のおかげで、いい一年になりました。佑司がずっと、私の心のなかに住んでいてくれること。これもベスト1です。私には、ベスト2も3もないの。佑司は私の永遠のベスト1（照れますか？）。

来年も、よろしくね。メールと電話と手紙だけでも、私は、佑司とおしゃべりできたり、佑司の話を聞いたり、私のグチを聞いてもらったりするだけで、すごく幸せです。

私にとって、唯一無二の、最高の友だちでいてくれること、ありがとう。

あの約束も、忘れないで、大切に考えてくれていること、ありがとう。

私の手紙、お守りにしてくれてるなんて、ありがとう。

私もね、お守りにしてるよ。特に一九九五年九月十一日付けの手紙は、我が家の家宝にしております。そこにはね「美亜子さんがくれる手紙が好きだった」って書いてあるよ。

佑司、覚えてる？　手紙を読んでいると幸せで、読んでいるだけで幸せで、ああ恋愛っていいなと、心から思っていましたって。これって、今の私の気持ち。そっくりそのまま、佑司にあげる。

二〇〇一年、きっと、会いに来てね。夢ちゃんも旅行鞄にくっつけて、いっしょに連れてきて。みんなでいっしょにジャズを聴きに行こう！

あのウェストビレッジの「スモールズ」もあいかわらず健在。ピアノの魔術師、恭子さんも大活躍してる。恭子さんが演奏する夜には、看板に「ラブリー・キョウコズ・ナイト」って書かれてる。佑司が来ているとき、ライブがあったら絶対に行こうね。楽しみにしててね。私たちの共通のお気に入り、『ザ・ファッテスト・キャット・イン・ニューヨーク』もリクエストしようね。ふたりで、カリンさんのお墓参りをして、彼女に報告もしないとね。ちゃんと、仲良くしてますよって。カリンさんを安心させてあげないとね。

来年は、佑司の開発したヘルシー・マヨネーズが爆発的に売れて、佑司がノーベル賞を取れますように！　ノーベル・フード賞。

来年も、私たちが友だちでいられますように！

そうだ、佑司がこっちに来たら、佑司の大好きなチャイニーズの食べ放題にも行かないとね。

ではでは、この手紙とCDが着いたら、すぐにメールしてね。待っています。

ミステリアスな女、と書かれて気分をよくしている、
全然ミステリアスじゃない美亜子より

3

美亜子様
メールの返信が遅れました。

遅れた理由は、推して知るべし。

飛行機、取りました。ホテル、予約済み。休暇願、強引にOK取ったぞ。

あとは、成田空港に向かってGOするだけです。

行くぞ、行くぞ、行くぞ〜って。毎日、会社のオフィスの窓から外を眺めて、思っています。空に向かって、雲に向かって、叫んでます。

美亜子に会いに行く！　天と地が逆さになっても、行く！

その日まで、猛烈に働いて、仕事の山を少しでも低くしておくつもり。

あと一ヵ月半ほどで、会えるね。鎌倉からちょうど一年だね。

この一年、長かったような、短かったような。でも、僕としては

大いなる自信の持てた、貴重なこの一年でした。何に自信が持てたのかって？
野暮な質問、しないでくれますか？
そりゃあ、美亜子、僕らの関係ですよ。僕たち、離れていてもやっていける。
そんな自信ですよ。ところで、九月の渡米ですが、僕は「友だち」としては、
会いに行かないつもりです。美亜子もそのつもりでいて下さい。
あ、だけど、あの「約束」は生きてるよ。大丈夫だから。心配しないで。
あとね、今度、ニューヨークで会えたら、重要な話がある！
僕からも、美亜子に新しい約束をお願いしようと思ってます。
それについてはまた後日、くわしく書きます。おやすみ。佑

4

佑司さま
メールありがとう！　よかった、安心しました。このところ、途切れていたから、
どうしているかな〜と思ってました。渡米の日程、ばっちり了解です。
ホテルはね、最初の三泊だけでＯＫよ。そのあとはね、私の友だちのところに、

居候《いそうろう》させてもらえる段取りをつけておきました。その友だちはちょうど、佑司の滞在の四日目からあと、西海岸に住んでいる友だちのところに旅行するので、ドッグシッターさん、求めているそうです。

佑司、安心して、転がり込んでね。犬の名前はマイケル。黒いラブラドール。

マイケルも、佑司が来てくれるのを首を長くして、待っているごようすです。

それではまた、九月の出発日が近づいてきたら、メールします。

お仕事、もりもりがんばって。ごはんもりもりもり食べてね。

追伸　JFKまで車でお迎えに行きます。大切なオトモダチ（！）のお出迎えだからね。張り切って行かなくちゃ。

うれしくて、笑いが泊まらない美亜子より

5

佑司へ　取り急ぎの追伸！　泊まらない、は、止まらないの間違いです。美

6

美亜子へ
このメールを読んだら、すぐに返事を下さい。
さっきから、百回くらい電話をしているけれど、つながりません。
携帯も、家の電話も、ファックス音も応答なし。メッセージも録音できず。
たぶん、そっちへの電話が殺到して、つながりにくくなっているんだと思う。
とにかく、すぐに返信を。こちらでも、みんな大騒ぎしてます。
美亜子、ああ、美亜子が無事でいますように。美亜子が被害に遭っていませんように。
美亜子、すぐに連絡下さい。こんなことが起こるなんて、信じられない。
日本人全員、同じことを思っています。
崩れ落ちるツインタワーの映像、こちらでも、くり返しくり返し放映されています。
美亜子が無事でいるかどうか、心配で僕の心臓は今にも張り裂けそうです。
それと美亜子、来週のことだけど、飛行機さえ飛んでいれば、予定通り、
そっちへ行く予定です。そして、勢いで書いてしまうけど、僕はもう、

美亜子のそばに行ったなら、美亜子がいいと言ってくれたなら、
きみのそばにずっと、嫌がられても、暑苦しがられても、そばにいるつもりだ。
大事な話というのは、これです。新しい約束とは、これです。
去年の終わりからずっと、考えに考えた上での、僕の結論です。
僕たちはもう、一秒も一センチも、離れていちゃ、いけないんだ。
美亜子が日本にもどってこられないなら、僕がアメリカに行く。
そっちで仕事を見つけて、美亜子のそばで暮らす。それが結論です。
僕らはもう離ればなれにならない。それが新しい約束です。
いいですか？　だから前の約束は、もう破棄《はき》するよ。
破棄する前に、僕は約束を守るよ。好きな人ができたら、正直に告白する。
美亜子は言った。相手はそれを必ず、絶対、無条件で、心から祝福する。
僕には好きな人ができたんだ。それは、美亜子です。
とにかく連絡下さい。返事を松。寝ないで松。佑司。

追伸　同じメール、念のためにもう一回、送っておきます。

The Fattest Cat
In N.Y
AIRMA
DO NOT BEND
CD

ふたりだけのフリーウェイ

1

マイ・ファニー・未来のハズバンドさま

電話で佑司の声を聞いたあと、楽しかった時間の余韻《よいん》にひたりながら、ついさっきまで、佑司からもらった過去のメールを呼び出して、読んでいました。そうしたら、「もっと読みたい」「もっともっと」となって、結局、ほとんど全部、読んでしまった。はっと気がついたら、夜中の二時。眠い目をこすりながら、このお手紙を書いています。

去年の九月に佑司からもらったメールは、何度読んでもそのたびに胸がどきどきして、それからじーんとします。佑司、ありがとう。ふたりの新しい約束に支えられて、私はなんとか二〇〇一年を生きてこられたんだと思います。このつづきは、あしたの朝、新しい太陽の光に包まれて書きます。

あらためまして、二〇〇二年、あけまして、おめでとう！

メールもありがとう。

ふるさとでのお正月をめいっぱい楽しんでいるようすが、毎日届くメールから伝わってきて、とってもうらやましいです。来年のお正月には私もきっと、そちらにお邪魔できると思います。佑司の奥さんとして！　わあ、どうしよう、どきどきする。今からどきどきしてどうする？　って感じ？

　さて、佑司もご存じの通り、こちらでは日本と違って、きのう（一月二日）から社会が普通に動き始めています。もちろん「パスト＆パッション」も開店しています。私は今週いっぱいこっちで過ごして、六日の午後のバスか電車のどちらかで、マンハッタンにもどります。日本人学校の仕事は、七日から。だから、この手紙が佑司のもとに届く頃には、元気いっぱい、いつもの仕事と生活にもどっていると思います。

　佑司がここにいなくて、ちょっと、じゃなくて、たくさん寂しいけれど、私はついさっき、朝ごはんに、母のつくってくれたお雑煮《ぞうに》を食べてきました。ゆうべのお魚の鍋物の残りのスープに、野菜とおもちを加えただけ、みたいだったけど、いろんな味が染み込んでいて、美味しかったです。おもちの数は、うふふ、三個です。寂しさをおもちで乗り越えようとしている私を、笑って下さいね。佑司はきょうは何個、食べたのかな？　食べ過ぎて、顔がおもちになってる？

　今、お店の二階の物置部屋・兼・猫たちのベッドルームで、この手紙を書いています。ユンもレネも、寝ている時間がいっそう長くなっているけど、まだまだ元気なお年寄り猫。長寿猫たちの寝姿を眺めながら、さあ、黄色いレポート用紙の出番です！

佑司にお送りしたいもの、書きたい言葉、贈りたいメッセージ、ご報告などなどが、いろいろ色々いろいろあるの。ぶあつい手紙になるかもしれません。覚悟して、読み進めて下さいね。でも、いいニュースがほとんどだから、心配しないで。

メールじゃ伝わらない。電話でも伝え切れない。やっぱり手紙しかありませんね。佑司と私、出会った頃からずっと、ときどき途切れたことはあっても、かれこれ十年近くも、こうやって、手紙と手紙でつながってきたんだものね。

手紙は、私たちのフリーウェイなのかもしれないね。私から佑司へ、佑司から私へとつづく、ふたりだけのフリーウェイ。この道は、まっすぐな一本道。私の行き先は佑司で、佑司の行き先は私で、私がもどる場所も佑司で、佑司がもどる場所も私。私たちは離れていても、いつだって一本道の始発駅と終着駅にいるわけだものね。

というわけで、まずは、ご報告からです。

クリスマスの前から始まっていたホリデイシーズンの、私たちの最重要ミッション、ふたりで暮らすおうち探しについて。佑司の日本帰国後から、全面的に任されて、張り切って着手したこのミッション、なかなか希望通りの家が見つからず、途方に暮れていましたが……

じゃーん、ご安心下さい。

一軒、掘り出し物（って、いうのかな）が見つかったという知らせが、ついさきほど、香坂さんから届いたのです。香坂さんが親しくおつきあいしている、不動産屋さんからの紹介らしいです。家は二階建てで、わりと古くて、暖房、水道管など、修理の必要な箇所もいくつかあるけれど、広いお庭――そこには小さな池もあるそうです――がついていて、家の裏はニューヨーク州が所有している林。なので、今後、開発される心配もなくて、佑司の好きなりすも走り回ってて、周辺の治安と環境は、申し分なくいいそうです。

場所は、アムトラック沿線にあるハイドパークという町のはずれだそうです。

ハイドパークまでは、マンハッタンから列車で一時間ほどかな。佑司が春から働くことになっているオーガニックフードの会社までは、電車と車で合計一時間ほど。母たちの暮らしている町までも、やはり小一時間ほどで行けます。つまり、ここならちょうど、私と佑司の職場の中間くらい。私も今の仕事を辞めないですみますし、また母の具合が悪くなったらすぐに駆けつけたり、お見舞いに行ったりすることもできます。

どうでしょうか、このロケーション。

あした、母といっしょにこのおうちを見に行ってきますね。そして、すぐにメールします。ひとまず、ひとつめのうれしいご報告は、ここまで。

ここからは、もう一軒の『HOUSE』について。

同封した小さな正方形の包みを、佑司はもうあけてますか？

それとも、これから？　まだ、だったら、今すぐ、あけてみて。

驚いてくれた？　喜んでくれた？

この「おうち」はね、クリスマス休暇に入る直前に、マンハッタンで見つけました。日本語の本を扱っている、私の行きつけの書店で、「あっ」と思って即・購入。

あっ、佑司が前に私に送ってくれた『僕への小さな旅』と、その前に京都で見つけて送ってくれた『クラリンの猫まんま』の作者の本だなって思って。佑司が偶然、鎌倉でこの絵本作家のギャラリーを見つけたときと、おんなじ驚き。

しばらく手もとに置いて、可愛がっていました。クリスマスプレゼントには遅くて、バレンタインデイには早いけど、ちょうどお年玉にはぴったりなので、佑司に贈りますね。

実はちょっと、じゃなくて、けっこう迷っていたの。

だって今、この本を日本へ送っても、アメリカへの引っ越しの荷づくりをしているまっさいちゅうの佑司には、かえって迷惑かな、と思って。だけど、見れば見るほど「贈りたい」という気持ちが高まってきて、もうどうにも我慢できなくなったので、「えいっ」と思って、やっぱりどうしても、送ってしまいます。

受け取ってくれますか？

私たちの『HOUSE』！　ね、素敵でしょ？

表紙に貼られているステッカー。そこに書かれているように「どうぞ、ごゆるりと」

――Aから順番に、佑司にそっくりなマフィーと、発明家ジオじいさんのおうちを訪問してみて下さい。ときどき、白い犬のテオもこのおうちを訪ねてきます。

私がどうしても、この本を今すぐ、佑司に送りたいと思ったのはね――ここで、Eのページを見て下さい。

Eは、エレファントのE。

そうなの、Eは私たちの夢ちゃんと虹くんのEなのです。

私たちがこれからいっしょに暮らすおうちで、やっと、夢ちゃんと虹くんもいっしょに暮らせるようになるね。

ここまで読んで、Eのページを眺めながら、佑司も今、にこにこしてるでしょう？

象の形をしたおうちのなかには、空と海が広がっているでしょ。空には雲も浮かんでいる。それはきっと、佑司が子どもの頃、浜辺に寝っ転がって見ていた海と空で、私が昔、父と母と三人で訪ねたドミニカ国の海辺でもあって、空と海はひとつにつながっているの。そして、佑司は知っているかどうか、わからないけれど、その、マフィーとジオじいさんがのっかっている三つ葉のクローバーみたいな葉っぱに、注目して欲しいの！

それは、三つ葉のクローバーみたいに見えるかもしれないけれど、私はシャムロックじゃないかと思いました。日本語の名前は、カタバミ。佑司なら、これでわかるよね。シャムロックというのは、アイルランドの国を象徴する植物です。五世紀に、アイルランドにキリスト教を伝えた聖人パトリックは、このシャムロックの三つの葉を、キリスト教の三位一体を説くために使ったとされています。

天の父、キリスト、聖霊ですね。

私も佑司もキリスト教徒じゃないし、アイルランドに対して何か特別な縁やゆかりがあるわけでもない。

でもね、このことに気づいて、私は心の底から驚いたの。私たちが結婚式を挙げることになっている三月十七日（日）は、なんと、聖パトリックデイなのです。聖パトリックの命日。アイルランドの人たちは、胸にシャムロックを飾り、緑色のハンカチやスカーフを身に着けて、お祝いをします。マンハッタンでも、アイルランド系の人たちがにぎやかなパレードをくり広げます。アイリッシュパブでは、朝からお酒を飲む人たちの姿も見られます。

そんなこんなで、私はこの絵本をどうしても、佑司に送りたくなりました。シャムロックの三つ葉は、私たちを結びつけてくれた、縁結びの葉っぱかもしれませんね。

私たちの場合、天のカリンさん、この絵本作家、虹くん&夢ちゃん、でしょうか。

佑司は、どのアルファベットのおうちが好きですか？

私は佑司と住めるのだったら、どのおうちも好きです。

長くなってきましたが、最後にZ＝ZEROのお話を。


グラウンド・ゼロについて。

去年の九月からずっと、私は仕事の行き帰りには必ず、グランドセントラル駅の地下の掲示板に貼られている「Missing」のコーナーに立ち寄って、そこに書き記されている情報に目を通し、一枚一枚の写真を見るようにしています。

みんな、誰かに愛されていて、誰かを愛していて、でも今はゆくえがわからなくなっている人たちです。本当にいろんな国の人たちが、いろんな国の言葉で、愛する人へのメッセージを書きつづっています。そこには、心の叫びがあふれています。もう一度会いたい、元気な笑顔が見たい、どこかできっと生きていることを祈っている。どんな小さな情報でもいいので、大切な人につながる情報を、人々は求めています。

日本語で書かれた貼り紙もありました。「たずね人」は、銀行で働いていた日本人ビジネスマンでした。知らない人でした。私は、私の写真がそこに貼られていても、ちっとも不思議はないと思いました。

九月十一日、あの日を境にして、アメリカとアメリカ人は「ジョーク」を忘れてしまったように思います。人と人が出会ったら、あいさつ代わりに交わされていた軽いジョークが、誰も言えなくなっているのです。

風景も変わりました。町にもストリートにも国旗がひるがえっています。車のサイドミラーの両方で、おもちゃみたいな星条旗がパタパタと音を立てています。愛国心のあらわれというよりは、「われわれを袋だたきにしないでくれ」という、イスラム教徒の移民たちの悲痛な声のように、私には聞こえます。悲しいことです。これからこの国はどうなっていくのでしょうか。

さらなる戦争、経済の悪化、ヘイトクライムの増加。

こんな状態のアメリカへ、佑司が私と暮らすために移住してきてくれることを、私はどれほど感謝しても足りないくらい、感謝しています。

二〇〇一年九月のプロポーズに、私は感謝します。

ツインタワーは崩れてしまったけれど、崩れなかった絆に私は感謝します。

命ある限り、私は佑司を好きでいて、佑司といっしょに歩いていきたいと思っています。これがこの手紙で一番、佑司に伝えたかったこと。

佑司、私はあなたを愛します。それが、私が私である唯一の証《あかし》であり、誇りであり、私の貫《つらぬ》きたい真実です。佑司に会えてよかった。佑司と共にこれから歩いていく人生に、私は感謝します。

Love, always
浜崎・市ノ瀬美亜子

2

愛しの美亜子様へ
渾身《こんしん》の書き下ろし、黄色いレポート用紙のラブレター八枚と、伊藤正道《いとうまさみち》さん作『HOUSE』——浜崎、しかとこの胸に受け止めましたぞ。AからZまで、二十六軒。どの家も、僕も美亜子と住めるなら大歓迎ですが、そして、Eには大感動しましたが、僕はLも好きですね。この葉っぱの家。このLEAFの家も、三つ葉だよね？　あと、Nも好きですよ。
NEW　YORK　という僕らの家。
さてさて、ハイドパークの家の写真、何度見ても、ほくそ笑んでしまいます。

見るたびに、馬が百頭、草原を駆け抜けてゆくようだ。いいですね〜。
僕たちの暮らす家として、これ以上の家はないと思いますよ。
ほんとにお疲れさまでした。ミッション、無事完了だね。
美亜子のミッションは、ポッシブルだったんだね。
僕の方は、引っ越しの荷物はすでに梱包を済ませまして、郵便局から船便で
二十五個、送ることにしました。色々と値段を比較してみたのですが、
この方法が一番便利で、格安でした。時間はかかるけど、急がば回れ。
結婚まで、秒読みですね。名前の件も了解。なんの問題もなし。
結婚したら、ふたりの苗字をふたつ、くっつけることができるなんて、
さすがはアメリカ、太っ腹だよね。きょうから僕も、佑司・市ノ瀬・浜崎。
飛行機を取ったら、またすぐに、メールするね。JFKまでの迎え、頼みます。
取り急ぎのメールでした。
美亜子専用のオトコになる所存の、宇宙人より

3

マイ・ファニー・ガール＆最愛のマイ・ワイフへ
美亜子、その後、体の具合はいかがですか？

ちゃんと食べて、ぐっすり眠ってますか？

お医者さんから言われた通り、散歩くらいはいいけど、まだ、走っちゃ駄目だよ。

結婚記念日に、美亜子のそばにいられなかったオットセイをお許し下さい。代わりにこの手紙と絵本を、我が輩の愛の使者として、美亜子のもとに馳せ参じさせます。

うちの母は、メールでも伝えた通り、おかげさまで無事退院しまして、自宅にもどって療養中。現在は、本人曰く「ピンピン」しています。「アメリカへ行って、おまえたちの家を見るまでは、絶対に死なない」などと言っていますので、こちらのことはどうか安心して下さい。

それよりも何よりも、美亜子、そんなことを言っていては、駄目だ！

僕は今、怒っています。カンカンです。大いに文句を言いたい。美亜子に食ってかかりたい。許しませんぞ。何を言っているんだ、美亜子。

美亜子から手渡された手紙、飛行機のなかで読みました。思わず、飛行機を途中下車(できないってわかってるけどさ)するか、パラシュートで舞い降りるかして、家にもどろうかと思ったくらいです。

美亜子が、そのことを気にしているのは、わかっている。わかっているつもりだし、おまえは男だからわからないだろうと言われたら、反論するつもりもない。だけど、美亜子、もっと僕のことをわかって欲しい。もっと信頼して欲しい。もっと、馬鹿みたいに、カバみたいに、盲信していて欲しい。美亜子に子どもが産めなくなったから、僕たち夫婦に子どもができなくなったからと言って、僕らの何が、どう変わるわけ？

何も変わらないよ。関係ないじゃないか、そんなこと！　いや、関係ないというのは、言葉が過ぎると思う。しかし、それくらい強く書かないと、美亜子にはわかってもらえないかもしれないと思って、あえて、書かせてもらった。

僕は確かに、かつて、美亜子に言いました。子どもがいたらいいね。あるいは、そろそろ子どもをつくろうかと言ったのかもしれない。家族を増やそうね、だったかな。

でも、だからと言って、それができなくなったからと言って、僕の美亜子に対する気持ちに、変化はありません。失望も絶望も落胆も、してません。だって、僕は、美亜子がいてくれたらそれでいいんだし、美亜子とふたりだけだって、それは「家庭」であり「家族」であると思うから。

だから、子どものことは、どうか忘れて欲しい。気にしないで欲しい。どんなに気になっても、自分のその「気」を無視して欲しい。

僕は、美亜子の手術が成功し、元気になってくれただけで、神様に感謝している。美亜子の病気が発覚したとき、もしも美亜子が死んでしまったら（あえて、このように書くぞ。僕は死を恐れていない、という意思表明として）、僕も精神的には美亜子といっしょに死ぬんだと思っていた。自殺はしない。そんなことしたら、美亜子は余計、悲しむだろう。でも、僕の心は死ぬ。いっしょに死ぬ。美亜子といっしょに心中するようなつもりで、手術を受ける美亜子を見送った。カリンさんに祈った。美亜子を助けて下さいって。美亜子は大丈夫だった。美亜子は元気になった。美亜子自身の力が病気に勝った。

だから美亜子、今は自分のことだけ、考えていて欲しい。美亜子が自分のことだけを考え、自分の幸福を祈るということは、すなわち、僕のことを考えるということであり、僕の幸福を祈るということでもあるんだ。夢と虹は、いつだって、ひとつなんだよ。

僕は美亜子といっしょになりたくて、なった。僕は子どもよりも、美亜子が欲しい。今でもその気持ちに変わりはありません。

美亜子、何よりも、治りたいという意志が大切です。お医者さんもそう言っていたね。

ネガティブな思考や感情は、病気を太らせる栄養になるだけだよって。

さて、同封の絵本は、郷里の草津駅前の書店で見つけました。僕たちの守護神、伊藤正道さんの新刊です。僕も即買いで、即送りをします。

さあ、大きなこの扉を開いて、『マフィーくんとジオじいさん ふしぎなぼうし』に乗って、美亜子も大冒険をして下さい。

美亜子は、ずっと前にくれた手紙のなかで、僕らのあいだを行き交う手紙を「ふたりのフリーウェイだ」と書いてくれましたね。

この絵本に書店で出会ったとき、僕は美亜子のその言葉を思い出したのです。そして、この絵本を読み終えたあと、こんなことを思いました。僕たちはいつも、ひとつの帽子に乗って、空と海につながっているフリーウェイを自由自在に飛べる——そういう関係であり、そんな夫婦でありたいと。そうなんです。「ふしぎなぼうし」とは、僕たちの結婚、そのものなんです。さらに書かせてもらえば、ふたりのあいだに存在する愛情そのもの(照れながらも、書かせてもらいました)。

ふたりでこの帽子に乗れば、アフリカへも行けるし、ロンドンへもニューヨークへもパリへも行ける。くじらの頭の上に着陸することもできるし、恐竜たちが住んでいる島へも訪ねていける。

僕たちが好き同士でいる限り、僕らはこの帽子に乗って、好きなときに、好きな場所へ行ける。まさに、世界はふたりだけのフリーウェイなんだね。

美亜子は僕の奥さんであり、妻であると同時に、同志であり、仕事仲間であり、あるときは好敵手《ライバル》でもあり、あるときはベストフレンドでもあり、ひとりで何役でもこなしてしまう美亜子はスーパーウーマンであり、そうして、僕たちはつまるところ、冒険仲間——英語で言えばハックルベリーフレンズなんだと思います。マフィーくんとジオじいさんみたいに、ね。

ふたりだけのフリーウェイは、まっすぐな一本道であると同時に、大空と大海原につながっている、際限のない、きりもない、自由な道。過去へも行けるし、未来へも行ける。もちろん現在、今ここにある現在を、勇敢に、生きていける。ふたりいっしょなら。この帽子があれば。

いつもそばにいること、それが愛なんだ。

そんな気持ちをこめて、この絵本を送ります。

予定通り、四月一日に、美亜子のもとへもどります。エイプリルフールにもどるなんて、なんだか嘘みたいな本当の男。あと十日で会えるよ！　この手紙が着く頃には、あと三日くらいになっているかな。

元気で笑顔で、しっかり食べて、ゆっくり休んで、元気な笑顔を見せて下さい。

美亜子の専属のオトコより

4

佑司へ

絵本、届きました！　ありがとう。すっごくうれしい。

実はきょう、定期検診に行ってきました。絶好調です。

転移もなく、ドクターから「優良」の花丸マークをもらったよ。

佑司から届いた「帽子」に励まされました〜。

来学期からは、職場に復帰してもいいそうです。ばんざーい！

早くもどってきて下さい。帽子の特等席、空いてます。

空港まで行けなくてごめんね。でも駅までは迎えに行きます。

あなたのメル妻・美亜子より

5

美亜子へ
四十歳のお誕生日、おめでとう！
若干、照れくさいけど、こんなカードを見つけたので、添えました。
七色の象。なつかしいね。夢ちゃんと虹くんを贈り合って、早二十年。
この二十年に感謝します。これから先の二十年もまたよろしく！
伊藤正道作『はっぱせんせい』の方は、良樹《りょうじゅ》くんが見つけてくれました。
この絵本に出てくるナナ先生が「マミーにそっくりだね」とのこと。
僕たちの息子になってくれた良くんに感謝。
美亜子の四十代が素敵な十年になりますように。
美亜子といっしょに、これからも年を取っていけることが幸せでたまらない。
美亜子の四十歳をこうして、いっしょに祝える幸せを噛みしめて。
美亜子の真似をして、ラブ・オールウェイズ。あなた専属の夫より

2

私たちへの小さな旅

――ちいさい雲が、流れている。

それが、私たちの旅の始まりの言葉だった。

それは「ぼく」の旅でもあったのだけれど、私の旅でもあった。

横書きの原稿用紙の升目《ますめ》いっぱいに、のびのびと書かれた文字。短めの鉛筆を握っているごつごつした彼の手。窓辺に置かれた広い作業机に向かっている、無防備な背中。大柄な体格とは対照的な、繊細な感じのする指先。海辺の町にあったアトリエ。潮騒《しおさい》と、紫陽花《あじさい》の生け垣と、季節の花々に包まれていた中庭。

できあがった絵を私が受け取りに行くと、彼は私のために手ずから、丁寧に紅茶を淹《い》れてくれた。雨の日には、ギャラリーのすみっこに設けられている応接コーナーで、晴れの日には、中庭に置かれた木のテーブルを挟んで、私たちは向かい合って、静かに会話を積み重ねた。彼と過ごす時間は、なぜか、普通の時間とはまったく異なる、特別な流れ方をしているように思えてならなかった。彼はいつでも独特な静けさを身にまとっていた。若い頃から、そうだった。生まれながらにして、彼が持っていたものだったのだろうか。静けさは、優しさと言い替えてもよかった。

都心から少しはずれたところにある、決して静かとは言えない、なんの変哲もないごみごみした街の、雑居ビルの七階にあるオフィスの窓辺に立って、私は彼のことを、海辺のアトリエの中庭を、彼と過ごした特別な時間のことを、ぼんやりと思い出していた。意志を持って、思い出していたわけではない。つぎつぎに浮かんでくる過去の一場面に、遠い過去に、近い過去に、ただ、身を任せていた。

窓の向こうに広がっているのは、夏に倦《う》んでいるような真夏の空と、なんの変哲もないビル群だった。もう何年も、私は同じこの場所に立って、ここから同じ景色を見てきた。お昼休みに、休憩時間に、仕事中、少し気分を切り替えたいときなどに。だからいい加減、見飽きている風景だった。

けれども、空の彼方にぽっかり浮かんでいる小さなちぎれ雲——ふたつの雲が重なり合い、ひしと寄り添っているように見えた——を目にしたとき、私はふいに「そうだ、行ってみよう」と、胸のなかでひとりごとをつぶやいた。

行ってみよう、あの街へ。

私たちが出会ったあの街の、あの古い洋館の、あのなつかしい屋根裏部屋へ。


――そうだ、行ってみよう。


「副編集長、ご休憩中、失礼いたします。お時間ちょっと、よろしいでしょうか？　ご相談したいことがあるんですけど」

肩越しに声をかけられて、私ははっと我に返った。

「はい、なんでしょう」

条件反射的にそう答えて、声の主の方をふり向くと、若手の編集部員が立っていた。彼女は、去年の春に中途採用でこの会社――絵本や童話や小・中学生向けの読み物など、主に児童書の出版を手がけている――に入ってきた人で、今は、翻訳書を統括している私の部下として働いている。

見ると、彼女の両手には、付《ふ》箋《せん》だらけのぶあつい紙の束が抱えられていた。立ち話で済ませられるような簡単な相談ではない、ということは明らかだった。

「じゃあ、向こうへ行きましょうか」

そう言って目で合図をし、私は、オフィスの一角にあるミーティングスペースへと向かった。彼女もうしろからついてきた。

腰をおろすとすぐに、彼女は切り出した。

「これなんですけど……」

案の定、彼女の相談は、なかなか手強《てごわ》い内容だった。彼女が担当している小学校低学年向けの童話の翻訳原稿が上がってきて、英語の原文とつきあわせながら訳文をチェックし、読み込んでいっているところなのだが、

「訳は正確で、いい出来だとは思うんです。いえ、悪くないと言うべきか。だから、どこがどういけない、どう違うと、はっきり説明できないんですけど、でも、違うんです。これでは、だめなんですね、致命的に」

彼女は険《けわ》しい顔つきで、一気にそう言った。

彼女にうながされて、私も数ページ、翻訳原稿を読んでみた。確かに、悪くはないと思った。可もなく不可もなく、といったところか。しかしながら、致命的にだめ、と彼女が断定するほどの瑕疵《かし》は、私には見つけられなかった。
五、六分ほどして、顔を上げた私に、彼女がそっと差し出した原書を手に取り、ふたたび数ページをめくったとき、私には彼女の言いたかったことが、少なくともその一端は、

理解できたような気がした。

「なるほど、これはずいぶん、原書とは違うわね。印象というか、雰囲気みたいなものが。持ち味というのかしら」

あえて控《ひか》え目に表現してみたけれど、あえて厳しい言い方をすれば、原作の持っている魅力が、訳文にはまったく出ていないということになる。

「そうなんです。この訳文には、原文には存在している『何か』が、決定的に欠けているんですね。持ち味、おっしゃる通りだと思います。だから、挿絵《さしえ》ともうまく嚙み合っていません。でも、その『持ち味の違い』を、翻訳者にどう説明すればいいのか、頭を悩ませています。やり直しをお願いするからには、きちんと理由を説明し、理解していただかなくてはなりません。いろいろ考えていると、私自身、行き詰まってきてしまって、この原稿を全部ボツにして、別の訳者に頼むのがいいのか、なんて、そういうことも、もしかしたらアリなのかなと、思ったりもしてしまって、それでご相談を。でも、ボツなんて、まして訳者降板なんて、最後の最後の手段ですよね？」

「そうね、訳者の変更までは、しなくてもいいと思います。この人の基礎力はしっかりしているし、英語力も申し分ないと思います。ほかの作品のなかには、成功しているものもあります」

私は彼女にいくつかのアドバイスをした。手強い相談ではあったものの、それは決して、私の手に負えないものではなかった。私自身、似たような経験を、何度もしたことがあった。編集者としての長年の経験から得た知恵と知識を、私は彼女に伝授した。

この訳者が抱えている問題は、英文の解釈ではなくて、日本語の文章の創作力にあること。やり直しの恰好《かっこう》の見本となるような文体で書かれている日本語の作品――翻訳書ではないもの――を探し出して、それを訳者に読んでもらうこと。何ページか、書き写してもらってもいい。児童書でなくても、かまわない。冊数は二、三冊でいい。量ではなくて、質を重視すること。最終的には、見本からも原文からも、ある程度、離れてしまってもいいので、自由に文章を創作してもらうこと。要は、翻訳文にも「個性的な文体が必要」ということを、頭ではなくて体で理解してもらうこと。推敲《すいこう》は大切だけれど、推敲のやり過ぎも考え物、などなど。

彼女は終始、メモを取りながら、私の話に耳を傾けていた。私がひととおり話し終えると、彼女はいくつかの質問をし、私はそれらに答えた。質疑応答が終わったあと、彼女は言った。

「とってもよくわかりました。やってみます。がんばります。なんだかまた、希望がわいてきました。ありがとうございました！」

晴れ晴れとした表情になっていた。原稿の束と書類をひとまとめにして、元気よく立ち上がった彼女は、まだソファに身を沈めたままの私に向かって、問いかけてきた。

「そういえば来週から、副編集長、夏期休暇ですよね？　どこか、旅行に出かけられるんですか？　海外ですか？」

私はにっこり笑って、うなずいた。彼女は、私の過去やプライベートなあれこれについて、ほとんど何も知らない。だからあっけらかんと、私は答えることができた。私がどんなに正直な答えを返しても、彼女が何かを邪推したり、気をつかったりすることは、ないだろうとわかっていた。

「アメリカへ、行こうかと思っているの。ニューヨーク州の田舎町なんだけど」

実はそれはついさっき、彼女に声をかけられる直前に、決めたことだった。二頭の小ぶりなくじらみたいに寄り添った、ちぎれ雲に誘われて、私はそこへ行こうと思い立ったのだった。

「子どもの頃、ひと夏のあいだだけ、預けられていたおうちがあってね。その家を訪ねてみようかと。いい年をして、思い出探し？」

「わあ、いいなあ、うらやましいです。なんて素敵な夏休み！　何か、とっておきの宝物が見つかるといいですね」

朗らかな声を響かせて彼女は去っていき、あたりは急に静かになった。まるで、激しい夕立が上がったあと、急に射し込んできた陽射しのような、明るい静けさだった。

ミーティングスペースから外に出て、自分のデスクにもどる前に、私はちらりと窓の外に視線を向けてみた。ちぎれ雲は風に流されたのか、あるいは、風に形を変えられてしまったのか、二頭のくじらたちはもう、そこにはいなかった。


東京からニューヨークまで、飛行機に乗って、十数時間。

マンハッタンから、列車かバスに揺られて北上すること、二時間半で、キングストンという、ニューヨーク州のもと州都に着く。そこからさらに、レンタカーかタクシーで三十分ほど走ったところに、その街はある。

街の名は、ソガティーズ。

日本からの観光客が訪れることは、滅多にない。絶対にない、と言ってもいいかもしれない。交通も不便だし、わざわざ外国から訪ねてくるほどの観光資源もない。とはいえ、街のすぐそばを、まるで湖のようにも、海のようにも見える、雄大なハドソン川が流れていて、川べりには船着き場と古い灯台——唯一の観光スポットと言えるだろうか——があり、川沿いをそぞろ歩ける野鳥の公園などもあり、ニューヨーカーや地元の人たちからはひそかに愛されている。

街の名物は、アンティーク。

交差点を中心にして四方にのびるメインストリートには、さまざまな骨董品《こっとうひん》店、古着屋、古本屋をはじめとする、アンティークの店が軒を並べている。アンティーク・フェスティバル、日本語で言えば骨董市が開かれることもある。


——バスにゆられて、海沿いの道を　ひたすら終点まで。

ようやく、ぼくがちいさいころに　くらした町についた。


外資系の銀行員だった私の父にニューヨーク支店への異動命令が下ったとき、母は妊娠八ヶ月の大きなおなかを抱えて、いっしょに渡米した。ハドソン川を隔ててマンハッタンの対岸にある町——近くには日本人街と韓国人街があった——に、会社が用意してくれていたアパートメントで、ふたりは新生活を始め、数ヶ月後に無事、私が生まれた。

成長した私は、昼間はアメリカ人の子どもたちに交じって黄色いスクールバスでエレメンタリースクールへ通い、放課後は、迎えに来てくれた母の車に乗って、アパートからほど近いストリートにあった日本人学校へ通っていた。家の外では英語で生活していたけれど、家のなかでは日本語だけを使うよう、両親から厳しく言い渡されていた。そのおかげで、私はバイリンガルになることができて、大人になってからは、翻訳書のエージェンシーや、日本の出版社で働くことができるようになったわけだが、子どもの頃は、自分の心身が常にふたつに、英語と日本語に、アメリカと日本に分裂しているようで、苦しく、心もとなかったことをよく覚えている。

おまけに、私は生まれつき心臓と肺が弱くて、しょっちゅう病気になっていた。風邪も引きやすくて、ぜんそく気味でもあった。そのせいで、体育の時間にはいつも見学か、自習をさせられていた。夏休みになると、クラスメイト全員が楽しみにしているサマーキャンプにも、私は参加させてもらえなくて、悲しかった。

私が十歳だったその年の夏、両親は、列車でヨーロッパの街々を巡る旅行の計画を立てた。リフレッシュ休暇の申請をしたところ、父に長めの夏休みの許可が下りたのだった。ウィーンに留学中の父の妹を訪ねる、という目的もあったようだ。当然のことながら、体の弱い私を長期の外国旅行に同行させることはできないと考えた両親は――あるいは、たまには夫婦水入らずの旅行がしたかったのか――私を、知り合いの人の家に預けることにした。父の会社の上司の奥さんの親友か何かに当たる人で、奥さんの催していたホームパーティの場で知り合い、その人が日本贔屓《びいき》だったことから気が合って、会社を離れても親しく、つきあっていたようだった。
エリザベスという名の人だった。
職業は、アーティスト。絵も描くし、版画や彫刻もつくる。美術品の鑑定なども手がけていた。年の頃、六十代の終わりくらいだったか。見た目も、内に秘めた情熱も、若々しかった。まさに「知力と気力がもっとも充実している六十代」――アメリカではよくそう言われている――だった。ソガティーズで、画廊と絵画教室を営みながら自身の創作に打ち込む、悠々自適なひとり暮らしをしていた。一度も結婚したことはないものの、子どもが大好きだったらしくて、両親からの申し出に対して、彼女はふたつ返事で快諾してくれたという。

――体がよわかったぼくは、夏休み、エリザおばさんの住む
この海辺の町で　すごしたことがあった。
古い洋館の　屋根裏が　ぼくの部屋だった。

ソガティーズの街で、唯一の信号機のついている交差点の角に、エリザベスの家はあっ

た。通りに面して二箇所の入口があり、正面の大きなドアをあけると、そこには、彼女の作品をふくめて、何人かのアーティストの作品が展示されているギャラリーがあった。絵画もあれば、写真もあった。幼かった私の目には、さながら美術館のように映っていた。週末になると、ギャラリーの奥のイベントスペースみたいなところに近所の子どもたちが集まってきて、にぎやかな絵画教室が開かれた。私にも参加するよう、エリザベスは熱心にすすめてくれたけれど、その頃の私は「お絵かき」には皆目、自信がなく、極端なほどの恥ずかしがり屋でもあったので、ただ、遠巻きに眺めていただけだった。

もうひとつの入口のドアをあけると、そこからは、二階に通じる階段がのびていた。二階はエリザベスの居住空間だった。リビングルーム、ダイニングルームとキッチン、寝室、アトリエ。どの部屋の窓からも、なんらかの樹木の枝葉が見えた。枝葉をくぐり抜けて射し込んでくる陽の光はやわらかく、湿気の少ないソガティーズの夏の風は、涼しかった。そして、どの部屋にも、エリザベスの描いた絵や、おそらく戯《たわむ》れにつくったと思われる小物やオブジェが飾られていた。

「さあ、可愛いお嬢ちゃん。あなたのお部屋にご案内しましょうね」

そう言って、エリザベスは私の手を取ると、

「ここにね、ほら、あなた専用の、秘密のドアと通路があるのよ」

いたずらっぽく微笑んで、寝室のクローゼットの横にあるドアのノブを私に握らせた。

「さ、あけてみて」

私はノブを回しながら、ドアを押した。ぎぎっと音を立ててあいたドアのすぐ向こうには、人ひとりがやっと通れるくらいの、狭い、とても急な階段がつづいていて、手をつきながらのぼり切ったところに、私専用の部屋が用意されていた。

わあっ、すごい！

その部屋に一歩、足を踏み入れるなり、私は心のなかで大歓声を上げた。今にして思えばそこは、ちょっと埃《ほこり》っぽい、どことなくかび臭い、アメリカの家にあっては物置部屋として使われることの多い、特に珍しくもなんともない屋根裏部屋だった。天井は、ない。かわりに、屋根の山型がそのまま斜めの壁になっている。壁についた天窓から見えるのは、空だけ。空と雲だけ。青と白だけ。

歩くとぎしぎし軋《きし》む、むき出しの床の上に、ひとり掛けの椅子と、簡素なベッドがぽつん。家具はそれだけ。なのに、私の胸はひゅーんと高鳴った。それまで感じていた心細さ、不安はすべて、吹き飛んだ。かわりに、心臓がどきどきしてきた。夏のあいだ、ここが私のお城になるのだと思うと、うれしくてたまらなかった。

「どう？　気に入ってもらえたかしら？」

私は「イエス！　オブコース！」と言いながら、大きくうなずいた。

「あ、そうそう、もうひとつ、これをあなたに渡さなくてはね。歓迎の贈り物よ。あなたのために用意したの。私がつくったものもあるのよ」

エリザベスはそう言って、部屋のかたすみに置かれていた、四角いお盆のような、箱型のトレイを取り上げて、私に手渡した。

両手で受け取って、中身を見ると、そこには――

――からっぽの部屋に、古いおもちゃ箱がポツンとあった。

「ぼくのおもちゃ箱だ」

カギのない貯金箱、まき貝、白いヨット、オレンジのタワー、
それに・・・赤いボタン。


そのとき、箱のなかには、赤いボタンはまだ、入っていなかった。でも、それ以外のものはみんな、そこにあった。

「ありがとう、エリザベス。大切にします。私の宝物にします」

箱を抱きかかえるようにして、私は微笑んだ。椅子のそばに、その箱をそっと置いた。

天窓から雨のように降り注いでくる陽射しを浴びて、タワーはオレンジ色に、巻き貝は銀色に輝き、白いヨットは帆《ほ》をひるがえし、今にも動き出しそうに見えた。

その日から、私の夏休みが始まった。

けれども私は翌日から、移動の疲れがたたったのか、夏風邪を引いて、寝込んでしまったのだった。

――ぼくは、いつも、屋根裏のかたすみにある　ちいさい窓から、
　よせる波とかえす波の音を　ききながら、ちいさい雲をながめていた。

私の熱はなかなか下がらず、それから一週間くらい、私は屋根裏部屋のベッドの上で、寝たり起きたり、また寝込んだりをくり返していた。もちろんエリザベスは、朝、昼、夜と、何度も様子を見に来てくれたし、ごはんやおやつや飲み物などをせっせと運んできてくれた。本を読んで聞かせてくれたり、屋根裏部屋で私ひとりのために絵画教室を開いてくれたりもした。だから私はちっとも退屈しなかった。

ソガティーズの街の近くに、海はなかったけれど、ハドソン川が横たわっていた。海に向かって、悠々と流れていた。本当に、波の音が聞こえたわけではなかったけれど、私の

耳にはいつも潮騒が聞こえていたし、空を飛ぶかもめが見えたし、部屋のなかにいても、濃密な川の気配を感じることができた。
十日ほどが過ぎて、私はすっかり元気になり、エリザベスといっしょに川べりの公園まで散歩に出かけたり、買い物に行ったり、図書館に行ったり映画に行ったり、画廊の掃除を手伝ったり、ガーデニングや料理を習ったり、二階のリビングルームの書き物机を使わせてもらって、夏休みの宿題をしたりしていた。

——「海に行ってはいけないよ」
体がよわいぼくは、そうきつく言われていた。けれど・・・
ある日、行ってみた。

その日は画廊の定休日で、エリザベスは隣町で用事があって、朝から外出し、夕方までもどらないと言われていた。
エリザベスが用意してくれていたランチのサンドイッチ——ふたつ割りにしたバゲットに、ゆで卵とトマトとレタスがはち切れそうなほど挟まれていた——を食べたあと、私は、お日様と風と夏の匂いに誘われて、どうしても、川のそばまで、川べりにある公園までひとりで、行ってみたくなった。二十分ほど歩けば、野鳥のいる公園まで、たどりつくことができる。運がよければ、カナダグースやダックや白鳥や青さぎにも出会える。「川へはひとりで行ってはいけない」と、エリザベスからはきつく注意されていたけれど、だからこそ、私は「行きたい」という気持ちを抑えられなくなった。私にとっては、それは大きな冒険だった。ひとりで行きたい。海のような、あの川が見たい。どうしても、見たい。この誘惑に打ち勝つことは、到底できないと思った。

――水平線のむこうに大きな入道雲が見える。
思いきって、海のなかにはいってみた。
プクプクプク・・・
なんだか、とてもいい気持ち。
青い藻がゆらゆらゆれて、とてもきれい。
「くすぐったい・・・」おおきな犬がぼくの顔をなめていた。
それはとなりの犬のマジーだった。

川べりの公園のはずれにある砂浜につくと、私は裸足になって、そろそろと川の水に足をつけてみた。最初はおそるおそる、途中からはじゃぶじゃぶと威勢よく。川の水はひんやりしていて、とても気持ちがよかった。波も寄せてくる。ときどき強い波がやってきて、スカートに水飛沫《みずしぶき》が散った。彼方にはヨットも浮かんでいた。近くでは、川で水浴びをしたり、泳いだりしている人もいたし、フリスビーやビーチボールを投げて、犬と遊んでいる人もいた。バーベキューパーティをしている人たちもいた。

どれくらいの時間、川のそばで過ごしていただろう。

気がついたら、私は砂浜に寝っ転がって、つかのま、うたた寝をしていたようだった。だれかに鼻の頭を舐められたような気がして、はっと身を起こすと、エリザベスの隣の家で飼われている、ゴールデンレトリーバーのマジーがぴたぴた尻尾をふっていた。尻尾が頬に当たって、くすぐったかった。私は立ち上がって、大きなくしゃみをした。

帰りは、お隣の家族といっしょに、私はエリザベスの家までもどった。

夕方、何も知らないエリザベスが帰ってきた。隣の家の人たちには、私の冒険について、エリザベスには内緒にしておいて下さいと頼んであった。

「はい、あなたにプレゼントよ。お留守番、よくできました」

彼女はそう言って、私に大きな紙箱を差し出してくれた。青いリボンの結ばれた箱には、小さなカードも添えられていた。

——箱をあけると、なんだかなさけない顔の、くまのぬいぐるみ。

ぼくは思わずいった。

「へんなかおー」


だけど、私はその、へんな顔のぬいぐるみがいっぺんで好きになった。

その日から私は、夜、寝るときも、朝ごはんを食べているときも、勉強をしているときも、熊のぬいぐるみといっしょに過ごした。私はその子に「モルン」という名前をつけた。特別な意味はない。熊さん、熊さん、きみの名前はなんていうの？ と呼びかけたら、彼が「ぼくはモルンだよ」と答えたのだ。

——さびしかったぼくにできた最初のともだち「モルン」。
ぼくらはいつもいっしょだった。
病院に行くときも・・・本をよむときも・・・おやつの時間も・・・
でも、ぜんぜん好きじゃない　ヴァイオリンをならいに行くときだけは、ひとり、バスにゆられた。

モルンはときどき、勝手に家出をしてしまうことがあった。あれっ、モルンがいない！　そんなとき、私は大あわてで、家のなかをバタバタと犬みたいに駆け回って、部屋から部屋へと駆け込んで、モルンの姿を探した。ベッドの下、本棚のうしろ、シーツとシーツのあいだ、クッションの裏側。匂いをくんくん嗅ぎながら、探した。

──「モルンは？　どこ？　ねえ、どこ？」

どこをさがしても見つからない。

「しりませんよ」

そっけなく答えながらも、不安そうにしている私に向かって、パチンとウィンクをしたエリザベスの顔を見たとき、私にはモルンの家出先がわかった。ふたたびバタバタと音を立てて、階段を駆けおり、二階から一階へ、一階から裏庭へ。飛び出していって、隣家の庭との境目にある、白いフェンスについている木戸を押しあけて、お隣の家の犬小屋を訪ねた。

――「やっぱり」

マジーのとなりにモルンはいた。

モルンがやってきてから、私は見違えるように生き生きしてきた。明るくて元気な少女になった。文字通り、よく学び、よく遊ぶ生活。ぜんそくの発作も、ぴたっと止まっていた。ヨーロッパから電話がかかってくるたびに、エリザベスは「娘さんはものすごく元気で、外を走り回っています」と報告し、両親もまた、ものすごく喜んでいた。おそらく、都会から、緑のあふれる田舎へと、住環境が変わったことが、体調にいい影響を及ぼしていたのだろう。

八月の終わりのある晴れた日、私はモルンといっしょに遠出をして、野鳥の公園よりもさらに川上にある、古い灯台まで出かけた。実際にはエリザベスもいっしょだったのだけれど、私にとっては「モルンとふたりで小旅行」の気分だった。

らせん階段を伝って、灯台のてっぺんにある展望台まで上がってみた。モルンといっしょに手をつないで、景色を眺めた。青と緑と白に染め抜かれているような、まぶしい景色だった。川の向こう岸にある丘や、樹木に埋もれるようにして立っている家々が見えた。おもちゃの家みたいだった。絵本の一ページみたいだった。素敵だと思った。この夏を、夏休みを、忘れたくないと思った。手をのばせば届きそうなところに、ソフトクリームにそっくりな形をした雲が流れていた。大きく息を吸い込むと、空の匂いがした。


——ちかくに大きな灯台があった。

ぼくらは、いちばん上までのぼってみた。

「パパとママのいえまで見えるかな?」

夜は、ちいさい窓から　夜空と月が見えた。

そして、ぼくらは　夢のなか、いっしょに月まで行ったんだ。

「まぶしい!」

ジェットコースターは大人気。

人ごみで、ぼくたちは引き離された。

その時、モルンのチョッキのボタンがとれた。

「あっ」

「モルン・・・・」

「・・・」

そこまで絵本を読み進めたとき、私の乗っていたバスは、キングストン駅に到着した。マンハッタンから二時間半。このバスの終着駅だ。乗客たちは、頭上の収納スペースから荷物をおろしたり、サングラスをかけたり、帽子をかぶったりして、思い思いに下車の準備をしている。私も絵本を閉じて旅行鞄のなかにそっと仕舞い、ショルダーバッグを肩からかけて立ち上がった。

キングストンからソガティーズまでは、タクシーで行くことにしていた。

バスから降りると、私はまっすぐに、バスのなかから電話をかけて呼んでおいたタクシー会社の車に向かって、歩いていった。まるでスクールバスのように、真っ黄色に塗られた車だった。

「ソガティーズまで、お願いします」

開口一番、そう告げたあと、私は通りの名前と番地を添えた。

「交差点の角だね。アルゼンチン・デリの向かいだろ？　昔はアンティーク店があったところだね」

運転手は地元の人のようだった。アルゼンチン・デリとは、アルゼンチン出身の人が経営しているデリなのか、それとも、アルゼンチンの料理か何かを出している店なのか。私が暮らしていた頃には、そのような店はなかった。きっと、何もかもが、変わっているのだろうなと私は思った。私の知っているエリザベスの家の一階は、アンティーク店ではなくて画廊だった。でもそれも「昔」のことだと、運転手は言っている。それはそうだろう。だって、あれから、あの十歳の夏休みから、すでに三十五年以上もの年月が流れたのだから。

けれども、そんな私の予想を心優しく裏切るかのように、キングストンからソガティーズへと向かう道は、昔とちっとも変わっていなかった。実のところ、変化はあったのかもしれない。ビルや店舗などには、相当な変化があったはずだ。が、私の目には何もかもが「あの頃のまま」のように映っていた。おそらく、そうであって欲しいという私の願望が、見せてくれている風景だったのだろう。

何もかもが、なつかしかった。無味乾燥なだけの高速道路も、道の両脇に並ぶガソリンスタンドや、スーパーマーケットや、ファストフード店や、銀行や薬局や車の修理工場さえもが「お帰りなさい」と言ってくれているようで。

やがて、車は、ハドソン川に架かっている吊り橋を渡り始めた。

そうそう、そうだった。

私は後部座席から身を乗り出すようにして、ガラスに目をくっつけるようにして、窓の外に広がっている景色を見つめた。橋を渡り終えたとたんに、建物がぐっと少なくなり、そのかわりに、圧倒的な緑が迫ってくる。森や林や木立が見えてくる。緑のなかに、花々で飾られた白い家が見え隠れしている。

なんて緑の多い街なんだろう。

三十五年も前の感動が、よみがえってくる。荒々しいまでにせつなく。せつないまでに荒々しく。

そうだった。あの日もこんな風にして、豊潤《ほうじゅん》な緑の息吹《いぶき》に包まれて、私はこの街に迎え入れられたのだった。

着いたよ。

もどってきたよ。

私たちの出会った街に。

私は思わず旅行鞄の奥に手をのばして、小さな青い絵本の背を握りしめていた。

絵本作家の彼が、私の思い出話を聞いて、それを彼の言葉と絵で物語にし、絵本という形にしてくれた作品『僕への小さな旅』――私の旅の道連れ。ひとり旅の道連れ。

私たちは、私が二十歳、彼が二十一歳のとき、アメリカの学園町で出会った。

私は大学生、彼は日本からの留学生だった。私の専攻は英文学で、彼は美術を学びに来ていた。私がアルバイトをしていた大学内のコーヒーショップの、彼は常連客だった。私の方から彼に声をかけた。日本語で。思わず声をかけたくなるような、彼はチャーミングな笑顔の持ち主だった。片時も離さず、携《たずさ》えているスケッチブックに、どんな絵が描かれているのか、私は知りたくてたまらなかった。

つきあい始めて一年半後、彼は日本に帰国し、私たちは海を隔てて離ればなれになった。遠距離恋愛が始まった。大学を卒業した私は、マンハッタンに事務所のある出版エージェンシーに就職し、出張旅行や休暇をもらうたびに日本へ飛び、彼は彼で、お金がたまると飛行機に乗って、私に会いに来てくれた。その頃、彼はまだ、駆け出しのイラストレーターだった。

私が、ソガティーズにあったエリザベスの家で過ごした日々のことや、赤いボタンのついたチョッキを着た熊のぬいぐるみの話をしたのは、私の帰国中、ふたりで鎌倉に出かけたときだった。

いつ、どこで、なくしてしまったのか、わからなかったが、いつのまにかモルンはいなくなり、私は長いあいだ、赤いボタンだけを大切に持っていた。でもそのボタンもいつのまにか、なくなってしまった——。

どこにでも転がっているようなお話だと思っていた。でもなぜか、私はその話を彼にしたかった。彼にだけ。彼はその夜、いつか自分が絵本作家になったとき、私の話を作品にすると言ってくれた。うれしかった。私が彼にこの話をしたかった理由が、そのとき初めてわかった。私は彼に話すために、そして彼に絵本を描いてもらうために、エリザベスの家で、あの夏の日々を過ごしたのだと思った。

「きっとよ」

「うん、約束する」

指切りをして、約束をした。私たちは、若かった。絵本作家を目指していた彼は、いつか鎌倉に自分のアトリエ兼ギャラリーを持ちたいと語り、私はいつか、絵本や児童書を出している日本の会社に転職したいと語った。私が日本に引っ越してくれば、私たちはきっと、いっしょに暮らせるだろうと思っていた。言葉にしてそう言い合ったわけではなかったけれど、私たちは互いにそう信じて、疑っていなかったと思う。あの日、鎌倉で、海沿いにつづく道を歩いていきながら。

「私が絵本の編集をする仕事に就《つ》いたら、まっさきにあなたの絵本をつくるわ」

言いながら、夢のようなお話だな、と、私は思っていた。彼が私の話を絵本にして、私がその絵本を編む？

まさに、絵本に出てくる物語のようだわ、と。

だから――
だから？

「着きましたよ。ここでいいですか？」

「はい、いいです。ありがとう」

私はタクシーから降りると、交差点の角に立った。

目の前に、エリザベスの家があった。

だから――

だから、私たちは大学のキャンパスで出会うよりも十年も前に、私と彼は、私が少女時代、ひと夏を過ごしたこの家で、すでに出会っていたのだ。私たちはこの家で、あの屋根裏部屋で、出会っていたのだ。十歳と十一歳のときに。「ぼく」と「モルン」が出会ったようにして。

――そして・・・そして・・・そして・・・
気がつくと、からっぽの屋根裏に　ぼくはいた。

三十代になる前に、私たちは別れた。さまざまな誤解とすれ違いがあった。一時期は、壊れた部分を修復しようと懸命な努力もした。けれど、うまくいかなかった。皮肉なことに、私が日本で暮らすようになってから、私たちの間柄は、ぎくしゃくし始めたのだった。

やがて、私は別の人と恋愛をし、結婚をし、そして、離婚をした。離婚と彼の存在には、因果関係はない。と、言い切りたいが言い切れない。それが本音だ。

数年後、彼が私との約束を守って、『僕への小さな旅』を上梓したとき、その絵本の編集者を通して、彼は私にこの本を贈ってくれた。再会だった。正確には、再々会。

私は迷わず、オフィスの受話器を取り上げていた。携帯電話を使うために、廊下に出るのももどかしかった。再会だった。「また会えたね」だった。

彼はあの、静かな口調で、でも、喜びを滲ませた声で、こう言った。

「驚かなかったよ。いつかきっと、こんな日が来ると思っていたから」

「私は驚いた。こんなことって、あるのね、こんなことって、起こるのね。信じられない」

「僕は信じられるよ。だって、こうして今、目の前で起こっていることなんだから」

――「あっ・・・」

ふりむくと、そこには　彼がたっていた。

「モルン！」

君がいなくなったんじゃない。

ぼくが君を　忘れてしまっていたんだね。


それから、私たちはいっしょに仕事をした。

何冊も、本をつくった。夢は実現した。彼は絵を描きお話を書き、私は彼の物語を編んで、本にした。彼の本をつくるすべての過程を、私は愛した。本をつくるという仕事を通して、私たちは、つながりつづけてきた。それ以外のつながり方はなかったし、想像もできなかった。普通の恋人たちが望むようなことを、私たちは何ひとつ、望まなかった。合い言葉は「ラブ・オールウェイズ」だった。ただ、愛がそこにあれば、私たちはそれでよかった。私は彼の絵を愛し、物語を愛した。ほかに、どんな愛し方があっただろう。

ある年、『ラブ・オールウェイズ』というタイトルの絵本をつくりたいと言い出したのは、彼だった。恋人たちが手紙を出し合い、愛を語り合う。幾多《いくた》の紆余《うよ》曲折《きょくせつ》を経て、ふたりは結ばれる。ふたりの子どももやってくる。大人が楽しめるような、幸福な愛の絵本にしたいと言った。

新しい仕事がまた始まった。

彼はほかにもたくさんの仕事を抱えていたので、私は企画会議にかけて、雑誌連載の形式でこの仕事を進められるよう段取りをつけた。隔月に一度、鎌倉にある彼のアトリエまで、私が原稿を取りに行く日々が始まった。隔月に一度、校正刷りを届けに行く日々が始まった。つまり私たちは毎月、「デート」を重ねた。彼のアトリエをあとにするとき、私は「さようなら」と言わなかった。私たちはいつも「またね」と言って、別れた。またね、またね、また来月、会えるね。

その連載の途中で、彼は帰らぬ人となった。

全十回の予定で進めていた仕事の、第六回めの作品を受け取ってから、二日後のことだった。生まれつき、体の弱かった私がこうして生き長らえ、病気になど縁のなかった人を、神様はなぜ、あっけなく連れ去ってしまったのか。


——君がいたから　ぼくの夏休みはあった。

でも、君はずっとここで　ぼくを待っていてくれたんだね。

私はしばらくのあいだ、かつてエリザベスの家だった建物の前に立っていた。

一階は、おそらく改装されたばかりなのだろう。ペンキの匂いが漂ってきそうなほど、外壁はきれいなクリーム色に塗り替えられていて、窓も広くなり、正面玄関のドアは、モダンなデザインのものになっていた。看板には、シーフード・レストラン「パスト&パッション」と記されている。過去と情熱？　素敵な名前だなと思った。

二階から上は、ほとんど当時のままの面影をとどめているように、私の目には見えた。屋根裏の天窓も、そのままだった。天窓の下には、ベッドがぽつんとひとつ。籐の椅子のそばには、ヨットと巻き貝とタワーと貯金箱の入った宝の小箱。ベッドの上には十歳の私が横たわっていて、波の音に耳を傾けながら、窓の外を流れる小さな雲を眺めているような気がした。

ちょうどいい、このお店に入って、遅めのランチをとろうと思った。外に張り出されているメニューを見ると、私の好物の蟹コロッケもある。バスのなかでは何も食べなかったので、おなかが空いていた。外から見る限り、店は混んではいなかった。

けれど、レストランの入口の前に立ったとき、なぜか「やめておこう」と思ってしまった。理由は、わからない。言葉では説明できない。否定的な気持ちでもないし、悲しい気持ちでもない。「変化を受け入れたくない」と思ったわけでもない。ただ、私には、ここまでやってきた、ということが、重要だったのだと思う。エリザベスの家まで、私は彼といっしょにやってきた。彼を連れて、彼の絵本といっしょに、やってきた。私たちの出会った場所に、彼を連れてくることができた。それだけで、よかった。それ以外に、この旅の目的はなかった。

——ちいさい雲が、流れている。

「帰ろう、いっしょに」

私は「過去と情熱」に背を向けると、通りを渡って、向かいのアルゼンチン・デリで、ツナサラダ・サンドイッチをテイクアウトした。野菜ジュースとりんごも買った。店内に流れていたのは、アルゼンチンのタンゴだった。

それから、川に向かった。まるで海のように見えるハドソン川。絵本のなかで、彼は「海」として、この川を描いている。モルンといっしょに、川べりの公園でピクニックをしようと思った。ピクニックのあとは散歩をして、歩き疲れたら砂浜に寝っ転がってうたた寝をして、茶色い犬に鼻先を舐められて起こされたら、ふたりで灯台に登って、空を眺めよう。

空と雲と、川の向こうに広がっている、緑におおわれた丘を。美しいこの世界を。

十歳の夏に向かって、歩いていきながら、私は思った。

あなたがいたから、私の人生はあった。

そうじゃない。

あなたがいるから、私の人生はある。私の情熱は現在形だ。私の過去は、現在につながっている。川が海に注ぎ込むように。

私はあなたを愛する。これからもいっしょに、私たちは歩いていく。この世とあの世に分かれてしまっても、私たちのあいだには、愛がある。いつも、いつまでも、ラブ・オールウェイズ。そうだよね、愛しい人。またね、またね、また来月、会えるよね。

masa.l

あとがき

この本は、特別な本です。

もしもあなたが今、どこかでこの本を手に取って、このページを読んでいるとしたら、あるいは、美亜子と佑司の物語を読み終えて、最後にこの文章を読んでいるとき、あなたの肩には、あるいは、手のひらのなかには、絵本作家、伊藤正道《いとうまさみち》さんの魂が空から舞い降りてきて、小鳥のように留まっているはずです。

魂は小鳥だから、手をのばしてつかまえようと思っても、ふっと、またどこかへ飛び立ってしまうでしょう。小鳥は自由です。小鳥の体は信じられないくらい、軽いのです。けれども、飛び立ったあとも、その気配だけは残ります。羽根がたった一枚だけ、あとに残されていることもあります。あなたが望んでさえいれば、その存在を感じつづけてさえいれば、小鳥はいつも、あなたのそばにいてくれる。亡くなった人の魂とは、そのようなものではないかと、私は思っています。

この作品の第六話「夢と虹の架け橋」の挿絵（本書では、化粧扉とP200に掲載）が、編集者の中村朱江《なかむらあかえ》さんに手渡されてからわずか二日後に、伊藤さんは、天国へと旅立たれました。中村さんの話によれば「伊藤さんは、いつもと変わりない、優しい伊藤さんだった。窓から海が見えて、静かで、まるで時が止まっているようなギャラリーのインターフォンを押すと、いつものように伊藤さんが二階から降りてきて下さった。その姿がなんだか、伊藤さんの絵本から抜け出してきた登場人物のようだった。前日がバレンタインディだったせいか、コーヒーに添えられていたのは、チョコレートだった」——。

その日からちょうど二年後の二月、この作品は晴れて、伊藤さんのもとへと飛び立つことになりました。

本来、九話で終わるはずだった物語の枠組みを大きく変えて、最終話「私たちへの小さな旅」を書いたのは、この作品をまるごと一冊、伊藤さんに捧げるレクイエムにしたかったからです。最終話に終始、登場している絵本は『僕への小さな旅』（ポプラ社）です。私はこの絵本が好きで好きでたまらず、『レンアイケッコン』（新潮文庫）のなかでも、恋人たちを結ぶ架け橋として登場させています。

この『僕への小さな旅』の装幀をなさった名久井直子《なくいなおこ》さんが、本作の装幀を引き受けて下さったことは、望外の喜びです。伊藤さんもきっと、喜んで下さっていることでしょう。『僕への小さな旅』のほかにも、作中に登場する絵本はすべて、伊藤さんが創作された実在の絵本です。美亜子と佑司が手紙を交わし合っていた時代にはまだ出版されていなかった絵本もありますが、伊藤さんの作品の背中には翼が生えているので、軽々と、過去へも飛んでいくことができるのです。

だからこの本は、特別な本。

本書を、伊藤正道さんに捧げます。

Love, always
小手鞠るい

【初出】
『FeelLove』 vol.10 2010 Summer ～ vol.19 2013 Summer
【出典】
冒頭のエピグラフ、P211と、最終話「私たちへの小さな旅」に出てくる絵本の文章は、伊藤正道作『僕への小さな旅』（ポプラ社）から、P136の記述は、田辺聖子著『死なないで』（筑摩書房）から引用させていただきました。

あなたにお願い

この本をお読みになって、どんな感想をお持ちでしょうか。次ページの「100字書評」を編集部までいただけたらありがたく存じます。個人名を識別できない形で処理したうえで、今後の企画の参考にさせていただくほか、作者に提供することがあります。

あなたの「100字書評」は新聞・雑誌などを通じて紹介させていただくことがあります。採用の場合は、特製図書カードを差し上げます。

次ページの原稿用紙（コピーしたものでもかまいません）に書評をお書きのうえ、このページを切り取り、左記へお送りください。祥伝社ホームページからも、書き込めます。

〒一〇一―八七〇一　東京都千代田区神田神保町三―三
祥伝社　文芸出版部　文芸編集　編集長　保坂智宏
電話〇三（三二六五）二〇八〇　http://www.shodensha.co.jp/bookreview/

切りとり線

◎本書の購買動機（新聞、雑誌名を記入するか、○をつけてください）

＿＿新聞・誌の広告を見て	＿＿新聞・誌の書評を見て	好きな作家だから	カバーに惹かれて	タイトルに惹かれて	知人のすすめで

◎最近、印象に残った作品や作家をお書きください

◎その他この本についてご意見がありましたらお書きください

100字書評

ラブ・オールウェイズ

住所

なまえ

年齢

職業

小手鞠るい（こでまりるい）
1956年岡山県生まれ。同志社大学法学部卒業。81年サンリオ「詩とメルヘン」賞、93年「おとぎ話」で海燕新人文学賞、2005年『欲しいのは、あなただけ』で島清恋愛文学賞、09年絵本『ルウとリンデン　旅とおるすばん』（絵／北見葉胡）でボローニャ国際児童図書賞を受賞。主な著書に、『ロング・ウェイ』『あなたにつながる記憶のすべて』『美しい心臓』『九死一生』『お菓子の本の旅』など多数。ニューヨーク州在住。

ラブ・オールウェイズ

平成26年２月20日　　初版第１刷発行

著者——小手鞠《こでまり》るい
発行者——竹内和芳
発行所——祥伝社《しょうでんしゃ》
〒101-8701 東京都千代田区神田神保町3-3
電話　03-3265-2081（販売）　03-3265-2080（編集）
03-3265-3622（業務）
印刷——堀内印刷
製本——ナショナル製本

Printed in Japan © 2014 Rui Kodemari
ISBN978-4-396-63432-2　C0093
祥伝社のホームページ・http://www.shodensha.co.jp/

本書の無断複写は著作権法上での例外を除き禁じられています。また、代行業者など購入者以外の第三者による電子データ化及び電子書籍化は、たとえ個人や家庭内での利用でも著作権法違反です。
造本には十分注意しておりますが、万一、落丁・乱丁などの不良品がありましたら、「業務部」あてにお送り下さい。送料小社負担にてお取り替えいたします。ただし、古書店で購入されたものについてはお取り替え出来ません。

親子、姉妹、恋人、夫婦……時と共に移ろいゆく関係。
人生という長い道のりは、涙と笑い、光と陰に彩られている。
美亜子と佑司、そして家族の、もうひとつのラブ・ストーリー。
ロング・ウェイ
小手鞠るい
●文庫判　●四六判
絵・伊藤正道（ポプラ社『僕への小さな旅』より）
祥伝社